당신은 정말 소중해 !

강 민 준

2020. 가을
태풍이 지나가고

猫

묘한

생각들

猫
묘한

생각들

초판 1쇄 인쇄 2020년 10월 27일
초판 1쇄 발행 2020년 11월 3일

지은이 김민준
책임편집 이가을
디자인 그별
펴낸이 남기성

펴낸곳 주식회사 자화상
인쇄,제작 데이타링크
출판사등록 신고번호 제 2016-000312호
주소 서울특별시 마포구 월드컵북로 400, 2층 201호
대표전화 (070) 7555-9653
이메일 sung0278@naver.com

ISBN 979-11-91200-00-3 02800

이 도서의 국립중앙도서관 출판예정도서목록(CIP)은 서지정보유통지원시스템 홈페이지(http://seoji.nl.go.kr)와 국가자료공동목록시스템(http://www.nl.go.kr/kolisnet)에서 이용하실 수 있습니다.(CIP제어번호: CIP2020043550)

猫

묘한

생각들

•

•

•

김민준 지음

자화상

하지만 세상에는 너무 당연하고 당연해서

함부로 '정말 소중해!'

하고 고백해버릴 수 없는 것들도 있습니다.

| 차례 |

1.

오늘이야말로 고독을 똑바로 바라볼 수 있을 듯합니다. 태어나서 처음 눈이란 것을 보았습니다. 첫눈이 귓가에 스멀스멀 내려앉으며 녹아가던 순간, 창밖 너머로 내가 아끼는 한 명의 인간이 힘겹게 숨을 몰아쉬고 있었습니다. 나로서는 투명한 창을 사이에 두고 야옹 하고 서운한 울음만을 터뜨릴 따름이었습니다. 아마 보금자리를 벗어난 생명들은 자신도 모르게 어떤 시절을 그리워하게 되는가 봅니다. 나는 우리들의 보금자리에서 졸린 눈을 비비고 일어나 서로 장난을 치고 데굴데굴 바닥을 뒹굴던 나날들을 떠올렸습니다. 아마 다시는 그러한 나날이 돌아오지 않을지도 모르지요. 그립습니다. 오늘은 그립다는 감정에 대해서 배웠습니다.

하지만 시간이 해결해줄 거라고는 말하지 않을 겁니다. 기억은 어딘가 외딴 섬에 잘 모셔지는 것이지 완전히 사라져버리는 것은 아니라고 생각하기 때문입니다. 어떤 기억들은 따로 서랍이나 보관함에서 극진히 모셔지며 계속해서 그 영향력을 행사하게 되는 것 같기도 합니다. 사실은 일전에 내 주변을 이루고 있던 수많은 삶의 조각들이 얼마나 소중했던 것인지를 나는 차마 알지 못했나 봅니다. 하지만 다시 그날로 돌아갈 수가 있다고 해도 억지로 그 모든 느낌들을 과장된 모습으로 껴안으려 하진 않을 것입니다. 나는 온 마음을 다하여 적당히 사랑할 것입니다. 고양이란 그런 존재이니까요. 세상의 모든 것과 애매하게 거리를 두면서, 게으르게 사랑하고 안일하게 애정을 표현할 것입니다. 그리 생각해보면 역시나 세상의 모든 고독이란 고양이로부터 출발했다는 말도 제법 일리가 있는 것처럼 다가오네요.

하지만 이제는 장난으로 툭툭 영지를 건드리는 때에도 솜털 속으로 조심스레 발톱을 숨기는 일에 더 신경을 쓰도록 할 것입니다. 그렇게 스스로에게 다짐을 했습니다. 그러니 얼른 그 친구가 우리의 보금자리로 돌아와서 함께 꼬리잡기 놀이를 하면 좋겠다고 기도를 했습니다. 그리고 마침내 나는 울었습니다.

“있잖아, 영지야. 네가 나의 주지 스님이야.”

아마도 영지라면 그 소리를 알아들어주었을 거라고 생각했습니다. 집으로 돌아가는 길은 쓸쓸했습니다. 마음들이 모락모락 입김처럼 피어올랐고 소복이 쌓여가는 새벽의 눈 위로 자그마한 발자국들만이 잠깐 이 세상에 내려왔다 시들어갔습니다. 길게 늘어진 길 위로 세상은 조용히 잠이 들어가는 듯했습니다. 집으로 돌아가도 영지가 반겨주지 않는다고 생각하니 귀찮음이 조금 줄어든 것 같으면서도 괜한 심술이 나서 털끝을 뾰족하게 세우기도 했습니다. 그 순간 담벼락을 교묘히 넘어온 꽃잎이 내 앞에 나타났습니다. 그 꽃은 내 마음과는 다르게 유달리 싱그러웠기에 괜한 심술이 나서 킁킁 냄새를 맡으며 앞발로 건드려보다가 한입 깨물어버렸습니다.

"나는 너를 그대로 삼켜버릴 수도 있어."
"괜찮아. 나는 이제 곧 있으면 져버릴 운명이니까."
"이런…… 미안해. 진심은 아니었어."

살아가는 시간이 모두에게 공평한 조건으로 이루어져 있지 않다는 건 조금 서운한 일입니다. 이제 곧 저물어갈 것이란 말을 들으니 그 꽃은 지금껏 맡아온 어떤 꽃잎의 향기보다 매력적인 향기로 다가왔습니다.

"너는 길들여진 고양이구나."
"길들여진다는 게 무슨 의미인데?"

나는 누군가에게 길들여진다는 것의 의미에 대해서 꼭 한 번 묻곤 합니다.

"그건 그리워할 만한 손길을 기억 속에 머금고 있다는 뜻이야."

그 말을 들었을 때 나는 입김 속에서 하얗게 희미해져가는 영지가 떠올라 슬펐습니다.

"나는 온실에서 아주 작은 씨앗이었을 때부터 누군가에게 길들여지며 자랐어. 누군가 내게 양분을 주지 않았다면 나는 아마 꽃을 피워보지도 못 한 채 흙으로 사라졌겠지. 길들여진다는 건 좋은 거야. 사랑받는 법을 곧잘 알게 되거든. 튼실히 사랑을 받을 줄 알게 되면 그것을 다시 되돌려주는 일도 훨씬 수월해지곤 하니까."

나는 그 말의 의미에 대해서 더 깊이 헤아려보려고 향기를 맡고 꽃잎에 수염을 부비기도 했지만 정확히 꽃의 말이 어떤 뜻인지는 알 수 없었습니다. 조금 더 이야기를 나누고 싶었지만 돌아갈 길이 아직 많이 남아 있었기에 나는 계속 걸음을 옮기기로 했습니다. 정처 없이 미지의 세계를 배회하는 일은 이제 따분했기 때문입니다. 얼른 멍하니 소파 위에서 몸을 돌돌 말아 긴 꿈을 꾸고 싶었습니다. 공간의 채도가 바뀌고 침묵이 기지개를 펴며 어둠이 열어져가는 장면을 나의 보금자리에서 묵묵히 감상하고 싶을 따름이었습니다. 그런데, 잠시 뒤 멀어져가는 내게 꽃이 말했습니다.

"내가 누구인지는 무엇을 사랑하고 어떤 것을 기억하는지가 결정해주는 것 같아. 아, 살아 있어서 정말 행복했어. 나를 보듬어주던 손길이 아직 생생해. 나는 살아 있었어. 그 손길을 정말 사랑했던 것 같아."

그 말을 끝으로 꽃은 마지막 잎을 떨구었습니다.

2.

첫 만남은 그리 특별할 것도 없었습니다. 하지만 어렴풋이 그날의 이미지들이 잊히지 않고 여전히 내 안에 머물고 있습니다. 그때도 날은 춥고 어두웠습니다. 나는 어미를 잃어버린 작은 새끼 고양이였을 것입니다. 아직도 내가 어미를 잃어버린 것인지, 어미가 나를 두고 어딘가로 떠나버린 것인지는 잘 모르겠습니다. 다만, 체온이 너무 떨어졌고 떨리는 몸을 가만 내버려두기가 어려울 정도였습니다. 나는 몹시 배가 고팠고 기댈 곳이 필요했습니다. 쓰레기 더미 속에서 겨우 바람을 피해 숨어 있을 때, 그저 하염없이 울음을 흘려보내는 일이 전부였습니다. 그것은 본능이었습니다. 이 세계를 표류하는 작은 존재들은 그렇게 누군가 자기에게 꼭 알맞은 이들이 귀담아 들어주었으면 하는 주파수를 흘려보내곤 합니다.

춥고 배고프고 가난하지만 아무에게나 나를 맡길 수는 없는 노릇입니다. 몇몇 인간들이 그 소리를 듣고 걸음을 멈추고 먹을 것을 가져다주기도 했지만 쉽게 경계를 늦추기는 어려웠습니다. 그러다 영지가 내 앞에 멈춰서 가만 나를 바라보았습니다. 마찬가지로 나도 영지를 빤히 바라보았습니다. 그렇게 우리는 한참을 각자의 자리에서 멍하니 앉아 추위를 견뎌내고 있었습니다. 우리 사이의 작은 침묵을 견뎌가며 세상의 흐름과는 별개로 천천히 서로의 호흡이 조금씩 뒤엉키는 것을 기다렸습니다. 영지는 깡마르고 키가 큰 인간 여자아이입니다. 그녀는 나보다도 더 추위에 약한지 오들오들 몸을 떨고 있었습니다. 한참 뒤, 내가 움츠린 몸을 일으켜 세우자, 영지는 어깨를 으쓱 움직이며 미소를 지었습니다. 처음으로 깊이 들여다본 인간의 눈동자 속에서 자정의 달이 희미하게 반짝이고 있었습니다. 아직 바다를 본 적은 없습니다만, 그때 나는 해변에 안착하는 파도처럼 지극히 당연하고 자연스럽게 그 품으로 안겨 들어가고픈 느낌을 받았습니다.

그 미소는 여간 매혹적인 게 아니어서 고양이인 나조차도 움직이게 하는 기묘한 힘을 지니고 있는 듯했습니다. 이윽고 나는 아직 엉성한 걸음걸이로 그녀의 주변을 배회했고 조금씩 서로의 간격을 좁혀가다 우리는 하나의 점에서 기대었습니다. 영지의 품에 안겨 어디론가 향할 때, 나는 가능한 큰 소리로 울었습니다. 그 야옹의 의미가 무엇인지는 잘 모르겠습니다. 아마도 뒤늦게 자리로 돌아온 어미에게 읊어줄 한마디 투정과 원망 같은 것이었을까요. 골목에 조용히 내려앉던 그 야옹의 의미에 대해서는 훗날 조금 더 깊게 생각해보아도 좋을 것입니다.

고양이의 귀는 영민합니다. 아직 청각이 완전히 발달되지 않았을 때였지만 그럼에도 영지의 품에서 들려오는 두근거림은 다른 인간의 것과는 다른 형태라는 것을 어렴풋이 알 수 있었습니다. 어쩌면 그 독특한 파동이 나로 하여금 그녀를 선택하도록 한 것일까요. 하지만 내가 영지의 곁으로 다가선 이유를 뚜렷하게 말하기는 어렵습니다. 아마도 경계가 수그러들 때까지 기다려준 존재가 유일하게 그 친구였기 때문일까요. 생각해보니 나는 영지를 약간 가여워했던 것 같기도 합니다. 그 추위에 대해서 절실히 공감하고 있었기 때문인지도 모르겠습니다만, 돌아보면 서로를 마주보며 간절히 지켜나가고 있던 긴 기다림은 참으로 은혜로웠습니다. 혹 만남에 큰 이유나 운명 같은 것은 애초에 없는 것은 아닌가 하는 생각마저 들 따름입니다. 규정하는 대로 의미가 될 수 있는 것이 관계일 테니까요.

맞습니다. 연결되어 있는 것들은 그렇게 스스로가 가치를 부여해줄 수 있다는 장점을 지니고 있습니다. 굳이 설명하자면 영지는 저의 첫 번째 보금자리입니다. 처음으로 그 품에서 추위를 잊으며 삶에 대한 또 다른 걱정을 떠올렸습니다. 태생이 길고양이인지라, 살아가는 것의 의미란

하나의 걱정을 덜어내고서 잠시 숨을 고른 뒤 또 다른 걱정을 대면하는 일이라고도 생각합니다.

추위를 해결하고서 주저 없이 떠올린 고민이 있다면 '나는 누구인가'라는 물음이었습니다. 하지만 나는 고양이라고 대답하는 것은 그 물음에 대한 올바른 대답이 아닐 것입니다. 내가 알고 싶은 것은 종種에 관한 구분이 아니기 때문입니다. 그리고 연이어 '당신은 누구인가'라는 의문이 들었습니다. 그것이 나와 영지의 인연입니다. 나는 나에 대해 알고 싶었고, 지금 내가 안겨 있는 품에 대해서도 호기심이 일었던 모양입니다. 그 질문은 검질기게 우리를 쫓아왔습니다. 그것은 경계를 허물고 하나가 된 서로를 뒤따라왔습니다. 여전히 그림자처럼 우리를 부여잡고 있는 질문 중 하나도 바로 나는 누구인가, 그리고 당신은 누구인가에 대한 의혹이었습니다.

하지만 이제 나는 알고 있습니다. 영지는 주지 스님입니다. 하지만 내가 어떤 고양이인지는 아직도 잘 모르겠습니다.

3.

모든 상실은 반드시 어떤 향기를 남겨두는 방식으로 구성되는 듯합니다. 영지에게선 독특한 냄새가 났습니다. 아마도 그녀가 내 앞에서 걸음을 멈추기 전부터 그 냄새가 나를 먼저 찾아왔을 것입니다. 나는 그 냄새에 관해서도 궁금했습니다. 그리고 나중에야 알게 된 것은 그것이 연필을 깎을 때 나는 나무 냄새라는 사실이었습니다. 나는 영지가 연필을 깎고 있을 때, 그녀의 무릎 위에서 그 냄새를 맡는 것을 좋아했습니다. 그것은 내가 정말로 좋아하는 시간 중 하나였습니다.

영지의 가족들이 머물고 있는 집에 처음 발을 내딛던 때 나는 얼른 침대 밑으로 뛰어 들어가 어둠 속으로 몸을 숨겼습니다. 다행이었습니다. 나만의 은신처가 있다면 나는 자유로울 수 있으니까요. 이 침대 밑의 공간을 내 영역으로 삼기로 했습니다. 누구에게 허락을 받을 필요는 없다고 생각했습니다. 어쨌든 나는 고양이이니까요.

영지의 보금자리는 두 명의 성인 인간과 영지, 그리고 갓난아이가 머물고 있는 따뜻한 곳이었습니다. 그 조그마한 아기는 정말이지 영악해서 자신의 울음으로 다른 인간들을 조종하곤 했습니다. 그 아이 근처로 지날 때에는 특히나 신경을 곤두세워야만 했는데 아무것도 모른다는 표정으로 내 꼬리를 사정없이 잡아당길 때면 정말이지 놀라서 온몸에 소름이 돋을 정도였습니다. 하지만 그렇다고 앞발로 할퀴기에는 너무 연약한 존재여서 어쩔 수 없이 내가 참아야만 하는 그 상황에 적응하는 데 제법 시간이 걸리기도 했습니다. 괜히 복수를 했다가는 시끄럽게 울어대기만 할 터이니, 차라리 조금 더 자라기를 기다렸다가 아이의 내구성이 조금 단단해졌을 때 한번 크게 깨물어줄 요량으로 나중을 기약하기로 마음먹었던 것입니다.

나는 온몸으로 표현합니다. 눈과 귀 그리고 하는 행동과 자세를 통해서 지금 내 상태와 감정을 전달합니다. 그것이 고양이의 언어입니다. 나로서는 인간의 언어를 배우는 것이 그리 어려운 일은 아니었습니다만, 인간이 고양이의 울음과 행동을 이해하는 데에는 아주 오랜 시간이 걸리는 것 같기도 했습니다. 아니 어쩌면 영영 오해받는 채로 애매하게 남는 것이 고양이의 일생이라고 말할 수도 있겠습니다. 하지만 가끔 영지와는 마음이 맞을 때가 있습니다. 그것이 진정한 교감이었는지, 우연에 지나지 않았던 것인지는 알 수 없습니다. 하지만 조금씩 그녀와 나 사이에 유대라는 공통의 분모가 채워져가고 있음은 분명했습니다. 때문에 누군가와 함께 하나의 영역에서 살아간다고 하는 어려운 활동에 대해서도 그러려니 대수롭지 않게 넘기며 견뎌볼 수가 있었던 것입니다.

나의 경우 태어나 처음 들은 소리는 '야옹'이라는 울음이었습니다. 그리고 인간의 말을 알아들을 수 있게 된 이후로 영지에게 전해 들은 첫 번째 말은 '우리 오늘도 잘 지내보자'라는 말이있습니다. 하나의 보금자리에 서로 다른 종의 동물이 함께 살아가는 일은 참 귀찮으면서 고려해야 할 점들이 많았습니다. 서로의 잠을 방해하지 않는 것부터 먹고 배설을 하는 일까지 다른 생명체가 하나의 시간과 공간을 공유하며 살아간다는 것은 상당히 많은 노력이 필요한 생존활동이었지요. 하지만 다시 골목의 추위와 낯선 것에 대한 두려움으로 떨고 싶지는 않았습니다. 그것보다는 어쩔 수 없는 일들이라고 생각하며 그러려니 높은 찬장에서 인간을 내려다보는 편이 훨씬 편안했으니까요. 그러니 영지네 식구들과 함께 지내게 된 일을 아주 특별한 사건이라고 말할 수는 없을 것입니다. 오히려 그것은 어쩔 수 없이 일어난 일들에 가까운 듯합니다. 정말이지 어쩔 수 없는 일들이었습니다. 우리가 함께 지내게 된 일은 그렇게 벌어졌습니다.

4.

운다는 것은 때로 자기 자신을 두드리는 마음의 빗소리일까요. 영지는 곧잘 우는 아이였습니다. 하지만 나는 영지만큼 상냥한 인간을 본 적이 없습니다. 생각보다 기다릴 줄 아는 인간은 드물기 때문입니다. 영지는 무엇이든지 가까워지기 위해서는 충분한 시간을 할애할 줄 아는 사람이었습니다. 나는 영지가 울 때마나 그 앞에 곧게 앉아서 고개를 갸우뚱거리곤 했습니다. 이유를 잘 알지 못했기 때문입니다. 그렇게 울다가 영지가 나를 안으려고 들참이면 나는 본능적으로 유연한 몸을 움직이며 그 손길을 마다했습니다. 왜냐하면 그 모습을 조금 더 제대로 지켜보고 싶었기 때문입니다. 하지만 어쩐지 영지는 서운한 얼굴을 할 때도 있었기 때문에 이따금 야옹, 하고 외치면서 나를 안을 수 없는 일에 너무 실망하지 않았으면 좋겠다는 뜻을 전하기도 했습니다.

"뭐라고?"

"야옹."

"울지 말라고? 고마워."

영지는 고양이의 말을 조금씩 알아가고 있는 것 같았습니다만, 정확하게 그 뜻을 분간해내기는 어려운 듯했습니다. 나는 더 자세히 영지를 지켜보았습니다. 고양이의 눈은 빠르게 움직이는 것들을 포착하는 데는 능하지만 사물을 정확하게 읽어내는 일은 어렵습니다. 오히려 가까이에 있는 사물들이 흐리게 보이기 때문에 나에게 적당한 거리라는 것은 누군가를 잘 이해할 수 있도록 허락해주는 읽기 방법과도 같은 것입니다.

모든 생명체들에게도 마찬가지일 것입니다. 각자 무언가를 이해하고 받아들이는 데에는 그들 자신들만의 거리라는 것을 지킬 필요가 있습니다. 울음소리에도 간격이 있고, 장난을 치며 친근함을 표출하는 와중에도 거리라는 것은 존재합니다. 얼굴을 핥고 몸을 부비며 서로에게 자신의 향기를 남기는 것은 그들 사이에 존재하는 틈을 연결해주는 하나의 고리인 셈이겠지요. 나는 앞발을 곧게 세우고 뒷발만 접어놓은 채로 꼬리의 움직임도 허락하지 않은 채 영지를 바라보았습니다. 눈은 반만 떠두었습니다. 이것이 내가 영지를 가장 잘 이해할 수 있는 자세이면서 동시에 그녀를 신뢰한다는 표현이기도 합니다. 그럼에도 그 눈물을 이해하기에는 아직 많은 근거들을 알아야 할 필요가 있다고 느꼈습니다.

“상처받을까 걱정하는 시간은 너무 겁이 나. 하지만 걱정 하지 마. 미미. 너는 내가 지켜줄게.”

“냥.”

인간들은 왜 이렇게 무언가를 두려워하며 사는 걸까요. 그것은 지금 이 순간 내 주변의 위험을 감지하는 일과는 다른 듯했습니다. 인간의 걱정이란 바로 앞에 나타난 두려움 때문이 아니라, 조금은 멀리서 다가올지도 모르는 확률적인 고난에 가깝다고 느껴졌습니다. 그와 같은 고난이란 언제 어디서든 닥칠 수 있기 때문에 감히 한 명의 인간으로서는 완벽히 대비한다는 것이 무리라고 생각될 정도입니다만, 그것을 걱정하며 울고 한껏 마음을 움츠린 채 살아가는 모습을 보면서 너무 예민한 반응이 아닌가 하는 생각이 들기도 했습니다.

어쩌면 특유의 예민함을 견지하고 살아가는 고양이보다 인간들의 마음이 더 섬세하고 연약한지도 모를 일입니다. 인간은 어쩔 수 없이 불완전하기 때문에 때로 방어적인 태도를 쉽게 내려놓기란 어려운 것 같습니다. 고양이는 유연하고 재빠른 움직임을 얻기 위해 혼자서 높게 뛰기도 하고 종종 장애물을 넘는 훈련을 하기도 합니다. 어쩌면 인간의 눈물도 그런 감정들을 더 유연하게 받아들이기 위한 훈

련 같은 것일까요. 그렇다면 그 눈물은 꽤나 쓸모 있는 것이라고도 할 수 있겠습니다. 하지만 두려움이란 감정에 너무 깊이 숨어버린다면 다시 출구를 찾는 데 어려움이 있을 수도 있으니 주의해야 합니다. 언제나 빛이 있는 곳을 주시하고 그 반짝임을 잃어버리지 않아야 어둠 속에서도 자유로울 수가 있는 법이기 때문입니다. 특히나 인간은 어둠 속에서 사물을 잘 분간할 수 없으니, 늘 자신의 빛이 무엇인지를 견지한 채로 지내는 일이 더 중요하겠지요.

아참, 미미는 내 이름입니다. 그것은 익명의 어둠 속에서 영지가 내게 선물한 빛입니다.

5.

짐작하건대 마음에도 없는 말을 하는 것은 정성을 다하는 일과는 다른 것입니다. 그러니 상대를 존중하는 것과 자신을 이유 없이 낮추는 것은 전혀 별개의 일이라고도 할 수 있겠습니다. 공존을 위해서라면 나는 정성들여 상대를 대할 수는 있지만 그것이 자신을 낮추는 일이 되어서는 안 된다고 생각하니까요. 그러니 이야기를 할 때도 '제가 말입니다'가 아니라 '내가 말입니다'라고 말하는 쪽이 더 자연스럽다고 생각합니다. 물론, 내가 고매한 고양이이기 때문에 그렇게 생각하는 건지도 모릅니다.

508호, 이 집의 가장 큰 공간에서는 늘 텔레비전에서 수많은 이야기들이 흘러나오고 있지요. 나는 그 이야기들로부터 인간에 대한 많은 것들을 배울 수가 있었습니다. 정말이지 혼란하고 소란스러운 사생활들에 대한 것부터 지나칠 정도의 참견에 이르기까지 인간들은 참 다른 사람의 삶에 대해서 궁금해하는 것이 느껴졌습니다. 그 작은 텔레비전 속에서 내가 본 인간들은 반은 허구로 이루어진 생명체들이었습니다. 이를테면 사람의 껍데기 안에 또 똬리를 틀고 앉아 언제든 발목을 물기 위한 틈을 엿보는 인간들도 있었고, 당당한 듯 보이는 거대한 몸짓 속에서 아주 가냘픈 심보가 어떻게든 상처 입지 않기 위해 자기변명을 일삼는 이들도 허다했습니다.

거짓을 몸에 두르고 사는 것은 불합리합니다만, 때로 인간들에게 그것이 어쩔 수 없는 것으로 받아들여지는 모습이 안타까울 따름이었습니다. 하지만 그렇다고 내가 인간들의 삶에 무어라 참견을 할 수는 없겠지요. 우선은 귀찮기 때문입니다. 내가 오늘 하루 낮잠을 자는 데만 해도 상당히 많은 체력과 집중이 필요한데 다른 이들의 안위 같은 것을 걱정하여 이래라저래라 열을 올리는 일은 결단코 바보 같은 행동일 뿐이지요. 지나친 참견은 질병이 아닌가 하고 생각이 들 정도입니다. 인간들 마음의 병은 다 그렇게 지나친 관심들이 쏘아 올린 화살로 인한 상처가 아닌가요.

인간은 무엇에 관해서든 자신이 우위를 선점하고자 하는 습성이 있는 듯합니다. 다른 인간을 대할 때에도 마찬가지로 말입니다. 마치 사냥을 한다고 느껴질 정도입니다. 그러나 고양이는 매사에 귀찮음을 느끼기 때문에 그 정도로 계산적이지 못합니다. 진정 고양이다운 것은 그저 자기 삶에 집중하고 있는 순간을 만끽하는 일이기 때문일 겁니다. 따라서 때로는 인간도 고양이다워야 할 것입니다. 사람들은 고양이에게서 그저 자기 삶이 중요할 뿐이라는 것을 배울 필요가 있습니다. 그 밖의 것들은 섭리에 맡겨도 나는 나대로 최선을 다했다고 할 수 있겠지요. 아무리 노력해도 내가 바꿀 수 있는 것은 그리 많지 않으니까요. 차라리 앞발과 수염을 조금 더 가지런히 정돈하는 일이 다른 생명의 사생활에 참견하는 것보다 더 생산적인 일일 것입니다.

그렇지만 분명 고양이도 외로움을 느낍니다. 아주 가끔이지만 말입니다. 창문 너머로 사나운 바람이 이 공간을 노리는 듯이 세차게 짖어댈 때면 옷장 속에서 내가 나인 것조차 새까맣게 잊은 채 웅크리고 있기도 했습니다. 훗날 알고 보니 인간들은 그것을 가부좌를 틀고 참선에 임하는 일과 비교하더군요. 모든 사사로운 것들을 잊고 멍하니 호흡에만 집중하고 나면 이윽고 바람은 지나가고 다시 평범하다 못해 지루한 일상들이 찾아오기 마련이었습니다. 나는 그것이 평화가 아닌가 하고 생각할 따름입니다.

평화란 지극히 따분한 것입니다. 그렇기 때문에 쉽게 발견하지 못해서 허둥지둥 먼 곳을 보고 헤매기도 하는 것이 어느 정도는 이해가 갑니다. 때문에 함께 동거하는 인간들이 쓸쓸해할 때마다 하는 수 없다며 그 무릎 위로 폴짝 뛰어올라 나를 쓰다듬도록 허락해주곤 했습니다. 인간들은 한시도 가만히 머물러 있을 줄을 모르고 움직입니다. 그리하면서 참선이나 평화 같은 것을 추구한다는 건 억지스러운 일이지요. 나는 그들에게 가만 머물러 있는 시간에 대해 알려주고 싶었습니다. 하품을 하며 야옹, 그리고 최대한 편안한 자세로 숨 쉬며 다른 기분 같은 건 다 내려놓는 겁니다. 그러면 자연히 깨닫게 되지요. 어지간한 것은 다 절로 흘러갑니다. 그것은 내가 어찌할 방도가 없는 것입니다. 내버려두는 법을 알게 되면 더욱 자유로워지는 것은 바로 나 자신이라는 것을요.

6.

오늘이라도 자신의 균열을 깨닫기에는 늦지 않았습니다. 살면서 분명 자신에 대해 고민하는 시기란 것은 찾아오기 마련이겠지요. 나에게도 분명 그런 시기가 찾아왔거나 또 계속해서 도래할 것입니다. 역시나 어떤 생명체든 각자의 삶을 살아가는 일에 제법 고단함을 느끼기 마련이겠지만서도, 그중에서도 자기 자신에 대한 정체성을 규정하는 일은 지극히 번거롭고 난해한 일일 테지요. 대부분의 인간들이 그 복잡한 것을 너무 쉽고 분명하게 정의 내리려고만 하니 자연히 살아가는 일은 어려운 일이 아닌가 싶은 생각이 듭니다.

영지에게는 지난여름이 바로 그러한 고민들과 부딪히는 시기인 듯했습니다. 영지는 자주 부모님의 걱정스러운 물음에 서둘러 대답을 하곤 했습니다. 학교 성적에 대한 질문을 비롯하여 진로 문제, 교우 관계에 이르기까지 영지의 어미는 영지에 대해 알고 싶은 것이 너무도 많았지만 정작 영지는 자신의 속마음을 선뜻 내비치지 못했던 것 같습니다.

"영지야. 요즘 별일 없지?"

"응, 없어."

"고민 같은 거 있으면 엄마한테 바로 말하고!"

"괜찮아. 그런 거 없으니까."

영지는 딱딱하게 대답을 하고서 자기 방으로 들어가버렸습니다. 나는 영지가 집으로 돌아오면 같이 장난을 칠 요량이었는데, 그 시간에 훼방을 놓은 영지의 어미가 미워서 몰래 개켜둔 빨래를 냅다 무너뜨려버렸습니다. 아무도 알지 못하겠지 싶었으나 작은아이만은 그 장면을 포착하여 눈을 동그랗게 뜨고 나를 바라보는 것이었습니다. 나는 이때다 싶어 엉금엉금 기어오는 아이 옆으로 빨랫감을 마구 던져버리고는 소파 위에 앉아 아무것도 모른다는 표정으로 창밖을 바라보았습니다. 곧이어 부엌에서 거실로 돌아온 영지의 어미는 그 장면을 보고 연신 한탄을 하며 "요즘 정말 다들 나한테 왜 이러는 거야……"라고 짧게 푸념을 늘어놓았습니다. 아이는 졸지에 자신이 그 뒤엎힘의 범인으로 몰릴 것을 예상하지 못했겠지만 고양이에게 밉보이면 언젠가는 그렇게 함정에 빠지게 되는 것이 세상의 이치임을 배웠을 것입니다.

나는 영지네 방 앞으로 가 닫힌 문을 발톱으로 긁었습니다. 영지는 혼자만의 시간을 가질 때 가족에게도 쉽게 문을 열어주지 않았지만 오직 나의 발톱 소리에는 반응하여 살포시 문을 열어주었습니다. 영지는 의자에 앉아 귀에 이어폰을 꽂고 크게 음악을 듣고 있었습니다. 청력에 상당한 무리가 올 것 같지만 그래도 순간적으로 마음을 추스르기 위해서 그렇게라도 노력하고 있는 듯 보였습니다. 나는 영지의 뒷모습을 빤히 바라보았습니다. 그녀는 지금 털갈이를 하고 새 발톱을 기르면서 변화되는 나이와 환경에 적응을 하고자 애쓰고 있는 것 같았습니다. 나와 놀아줄 시간도 없이 책 속에 밑줄을 긋기 바빴고 이 집에서 가장 조금 자고 가장 오래 깨어 있는 인간이었습니다.

아무튼 하루하루를 살아가는 일은 피곤하고 얄궂지요. 하지만 살아가고 있으니 별수 없이 어떻게든 꿈을 꾸고 방법을 찾고 순리를 배워가야 할 것입니다. 고양이들은 저마다 눈 속에 자기 자신을 비추는 거울을 지니고 있습니다. 언제나 다른 것을 볼 때에도 나를 먼저 생각하지요. 그렇기 때문에 정말 하고자 하는 일이 아니면 행하지 않습니다. 귀찮고 거북한 일이 생기는 걸 애초에 방지하고자 하는 것이지요. 타자는 물론이거니와 너무 많은 내가 삶의 집중을 방해하는 일까지도 용인하기는 싫으니까요. 분명 인간도 고등생명체이기 때문에 자기 자신을 비추는 거울을 어딘가에는 지니고 있을 것입니다. 하지만 대부분의 사람들은 그것이 어디에 있는지 어떻게 닦아두어야 하는지를 제대로 알아채지 못한 채로 시간을 흘려보내고 있는 듯합니다. 말과 행동 이전에 내 마음속 거울에 한번 그것을 반사시켜보는 일이 얼마나 중요한지를 쉬이 잊어버리곤 하나 봅니다.

나는 길 위의 시간을 쓸쓸히 견뎌야 했던 외로운 길고양이였으므로 많은 것들을 스스로 시도해보고 배워야만 했습니다. 덕분에 성가신 상처와 어려운 난관에 봉착하기도 했지요. 아마, 누군가 고양이로서의 삶을 더 손쉽게 가꾸어갈 수 있도록 이끌어주는 이가 있었다면 조금은 더 수월했을 거라고 생각합니다. 하지만 오늘날 나름대로 그럴싸한 고양이가 되어 있는 걸 보면, 조금 더딜 뿐 혼자서도 그러한 것들은 터득해나갈 수 있으니, 자신에게 주어진 환경에 알맞게 스며드는 것이 가장 중요하다는 게 나의 결론입니다.

영지를 바라보면서 나는 생각했습니다. 고양이로서 한 명의 인간에 대해 이토록 깊은 관심을 지니고 있다는 것이 퍽 황당할 노릇이라고 말입니다. 영지의 부모님과 영지, 그리고 매일 울어만 대는 어린아이와 함께 살아가고 있는 이 불편한 동거가 가끔은 지긋지긋하게 다가오기도 했습니다만, 나와 함께 지내는 이들은 적당히 상냥하고 이기적이어서 좋은 날과 귀찮은 날이 번갈아 맞물려 지나가곤 했습니다. 생태계 속에 하나의 생명으로 살아가는 일이 늘 평안을 장담할 수 없듯이 그러한 불편쯤은 충분히 감수하며 살아갈 수 있을 정도였습니다.

그때 또다시 영지의 어미가 문을 열고 들어왔습니다. 영지는 싸증 섞인 얼굴로 엄마가 노크도 하지 않고서 자기 방에 들어온 일을 못마땅해했습니다. 발톱으로 방문을 몇 번 긁으면 영지도 어련히 그 문을 열어줄 터인데, 어째서 영지의 어미는 문을 긁지 않았을까요. 하지만 영지의 어미는 영지의 그러한 태도를 보고 덩달아 마음이 상해서는 아무런 말도 하지 않은 채 작게 한숨만 내쉬고 다시 문을 닫았습니다.

나는 그 문과 문틀을 빤히 바라보았습니다. 거기에는 이미 내가 일전에 긁어놓았던 흔적들이 군데군데 남아 있었습니다. 동시에 문이 닫히고 열리기를 수없이 반복하고 누군가 들어오고 나서며 만들어놓은 여러 자국들도 보였습니다. 아마도 그것은 공간과 공간 사이에 남겨진 상처 혹은 굳은살 같은 것이겠지요. 나는 그 상처를 보면서 누군가의 공간으로 들어서는 일이란 어쩔 수 없이 작은 상처들을 만들고 남겨가는 과정이라는 생각을 했습니다. 역시나 서로를 알아간다는 것은 크고 작은 통증을 동반할 수밖에 없겠지요. 비단 방문을 여는 일 뿐만이 아니라, 마음으로 가까워지는 일도 마찬가지일 것입니다. 인간이든 고양이든 자기만의 시간에 누군가의 방문을 허락하는 일은 자연히 예민해질 수밖에 없는 법이니까요.

인간들은 그렇게 서로의 공간과 마음에 지울 수 없는 흔적이 되어 함께 흘러가는 관계를 가족이라고 부르더군요. 나는 때로 인간들의 언어가 감정을 솔직하게 전달하지 못하게 막는 장벽이 되는 것을 보고 제법 놀라움을 느끼기도 했습니다. 분명 꼬리와 수염으로 조금 더 긴밀하게 자신의 감정을 표현할 수 있다면 마음과 다르게 서로를 상처 입히는 일이 훨씬 더 줄어들었을 테지만, 안타깝게도 인간은 그러한 언어체계를 지니지 못했습니다. 때문에 가까워지고자 하면 그 상처를 견뎌내며 안아줄 수 있는 마음을 지녀야만 하는 것입니다. 이곳에 살면서 나는 한 가지 이치를 배웠습니다. 조용히 상처를 안아주는 것이 가족이라는 것을 말입니다.

동시에 이곳의 인간들도 나를 보며 배우기를 바랐습니다. 스스로가 알아서 깨우쳐야 할 때와 옆에서 이끌어줘야 할 때를 잘 판단해야 한다고 말입니다. 적절한 언어로 그 마음을 표현하는 일은 단순히 다그치는 것으로는 되지 않는다는 걸, 이 집의 모두가 깨달았으면 좋겠다고 생각했습니다. 왜냐하면 우리는 서로 다른 마음으로 같은 시간과 공간을 함께 공유하며 살아가고 있으니까요. 계속해서 나는 인간의 가족에 대해 다음과 같이 느꼈습니다. 별일이 없는가 하고 물으면 제 안에선 반드시 어떤 특별한 일들을 떠올리지만 그것을 구태여 밖으로 내뱉기에는 너무 당연한 사이. 하지만 마음속으로는 진심으로 별일이 없기를 바라는 사이. 어지러운 하루 속에서도 각자의 평안을 꿈꾸면서 아무튼 별일 없이 잘 지낸다고 말하는 사이가 가족 아닌가요. 비록 어쩔 수 없이 인간은 반은 허구로 이루어져 있기 때문에 그 속을 전부 다 알 수는 없겠지만 말입니다. 하지만 세상에는 너무 당연하고 당연해서 함부로 '정말 소중해!' 하고 고백해버릴 수 없는 것들도 있습니다. 영원히 그렇게 무던하고 당연하게 곁에 머물러 있으면 좋겠다는 마음 때문일까요. 말하고 싶지만 말하지 않아도 묵묵히 곁에서 당연하게 있어주는 것으로 느낄 수 있는 평온함, 그러한 모순 속에서도 묵언의 다정함으로 내 곁을 지키는 관계, 날카로운 발톱 같은 것은 솜털 속에

다 숨겨버린 채로 폭신한 구름 같은 말로 무심하게 툭 건드려보고 싶은 마음이 있습니다.

언젠가 영지가 내게 별일 없느냐 물으면, 나는 그 보드라운 기분 속으로 잔뜩 움츠러들며 별일 없다고 울어버릴 것입니다. 그러고 보면 나의 균열은 오직 나만의 것이 아니라는 생각도 듭니다. 무언가와 이어져 있다는 것은 완전한 결말이 아니라, 하나의 가능성이지요. 관계란 균열입니다. 그 틈을 어찌어찌 잘 구슬려가며 별일 없는 듯 살아가는 것이 즐겁게 사는 일인지도 모르죠.

7.

나는 아주 미세한 떨림 속에서 생의 이치를 깨닫기도 했습니다. 이를테면 수염의 떨림과 눈꺼풀의 이완이 바로 그런 쪽에 속하지요. 언제든 호기심과 졸린 눈꺼풀을 당해낼 고양이는 없습니다. 어쩌면 인간도 마찬가지일까요. 어김없이 조용한 밤이었고 모두가 잠들어 있는 시간이었습니다. 나는 식탁 위에 자리를 잡고서 창밖을 바라보며 내 시간을 즐기고 있었습니다. 바로 그때, 창문 너머로 고양이 한 마리가 나타나 나를 바라보는 것입니다. 꼬리가 잘려 있었고, 그루밍도 제대로 하지 않았는지 털이 꾀죄죄한 게 여간 볼품없는 모습이었습니다. 하지만 유리문 너머 이리저리 난간을 타고 넘나드는 지저분한 길고양이의 행동에서 나는 왜 알 수 없는 부러움을 느꼈을까요.

이윽고 귀를 쫑긋 세우고 다시 창으로 다가서 고양이가 멀어진 방향을 묵묵히 바라보았습니다. 어둠 속으로 사라진 그 유연한 모습이 계속해서 떠올랐습니다. 며칠이 지나 그 고양이는 이번엔 다른 고양이 한 마리와 함께 나타났습니다. 그러곤 마치 아는 얼굴을 본 듯이 서로 고개를 갸우뚱하고서는 다시 어둠 속으로 숨어버리는 것입니다. 나는 그들의 모습을 알지 못합니다. 길고양이 시절에도 나와 별다른 인연을 맺은 고양이는 없었으니까요. 하지만 계속해서 궁금해졌습니다. 나는 몸을 일으켜 세워 그 고양이들의 움직임을 따라 어둠 속으로 도약했습니다. 어렵사리 담장을 넘고 어렴풋이 보이는 두 고양이의 걸음을 쫓으니 어느새 먹구름이 꽉 들어찬 새벽 골목에 당도했습니다.

"야옹."
"냐아앙?"
"그르렁, 냥."
"야아아아옹."

그 밤, 난생처음 나와 같은 모습을 하고 있는 누군가와 대화를 나누었습니다. 인간의 언어에 익숙해져 있던 내게 본래 고양이들의 울음소리는 본능을 자극했고 나를 약간은 흥분상태로 만들기도 했습니다.

"오랜만이야."
"나를 아시나요?"
"그럼, 너와 나는 가족인걸."
"가족?"

이웃고 다른 고양이 한 마리도 내게 인사를 건네었습니다. 그 고양이는 어딘가 모르게 길고양이치고는 점잖은 구석이 있는 모습이었습니다. 나와 가족이라는 고양이는 슬그머니 내 냄새를 맡더니 몸을 부비며 반가운 기분을 표현했습니다. 나는 조금 조심스럽게 그 행동을 가만 받아주고 있었을 뿐이었습니다.

"오랜만이야. 보름달 아래 귓속말."

"보름달 아래 귓속말이 무엇인데요?"

"네 이름이잖아. 사람들이랑 살다 보니 그것도 잊어버린 거야?"

"내 이름은 미미입니다만."

"네 본래 이름은 보름달 아래 귓속말이야. 나는 길을 여는 바람이고. 우리 어미는 하얀 발바닥이었잖아. 우리 어미는 발바닥이 하얀색이었어. 아무래도 어렸을 적이라 기억하질 못 하는가 보구나. 너를 잃어버리는 바람에 엄마는 일주일을 연달아 울어서 목이 쉬었어. 하지만 그 이후로는 다시는 네 이름을 말하지 않았지. 아마도 나와 다른 형제들을 돌보는 데 전념하려고 다짐했기 때문이었을 거야. 다들 독립을 했어. 어떻게 지내는지는 모르지만, 어딘가의 골목에서 자유로운 바람으로 넘실거리고 있겠지. 멀쩡히 살아 있어서 다행이야 귓속말아. 제법 어엿한 고양이가 됐구나."

그 말을 듣는 순간 나는 정말로 동공이 보름달처럼 커지고 털이 곤두섰습니다. 당연히 나에게도 고양이 가족이 있으리라는 생각은 한 번쯤 해보았기 때문에 형제를 만났거나 본래 이름을 알게 된 데에는 그리 놀라지 않았습니다. 하지만 어미의 이름이 하얀 발바닥이라는 사실과 나를 잃고 한동안 매일같이 울었다는 얘기는 내 삶을 온통 뒤흔들어놓을 만한 일이었습니다.

"아무래도 조금 당황한 모양이야."

옆에 있던 점잖은 고양이가 말을 이었습니다.

"안녕하세요. 저는 무아행無俄行이라고 합니다."

무아행, 그는 완전한 경어체를 구사하는 고양이였습니다. 우리는 제법 어엿한 고양이가 아니라면 쉽게 통과하지 못할 어려운 구간들을 지나며 계속해서 나아갔습니다. 이윽고 도달한 곳은 버려진 건축 자재들이 겹겹이 쌓아져 마치 구조물들의 무덤처럼 보이는 장소였습니다.

"귓속말, 여기가 우리 아지트야."

길을 여는 바람은 자랑스러운 듯한 표정으로 그렇게 말하고는 작은 구멍 속으로 들어갔습니다. 연이어 무아행이 정중하게 내게 먼저 들어갈 것을 권했고, 나는 조심스레 그 새까만 구멍을 관찰하다 천천히 수염과 앞발에 신경을 집중한 채 안으로 들어섰습니다.

"여기선 걱정할 것이 없어. 편하게 이야기할 수 있어."

길을 여는 바람은 하품을 하면서 적당한 자리에 누워 말했습니다.

"여긴 버려진 폐기물들이 위태롭게 쌓인 곳 중심이야. 그렇게 안전한 것 같지는 않은걸."

내가 걱정스러운 얼굴로 대답을 하자, 이번엔 무아행이 다가와 내 털을 핥아주며 나를 안심시켰습니다.

"당신은 길고양이가 아니군요?"

가까이서 바라본 무아행은 목탁 모양의 목걸이를 하고 있었던 것입니다.

"알아보시는군요. 제가 태어난 곳은 방금 지나온 길 왼쪽에 있던 높은 산중이었습니다. 길을 잃고 혼자 울어대는 것을 스님이 데려다 길러주셨지요."

"스님이란 게 무엇인데요?"

"머리에 털이 없고 날카로운 발톱도 없는 가녀린 인간이지만 마음은 제법 상냥한 사람들이지요."

"털이 없다니 그럼 자신을 보호할 수가 없잖아요."

"그렇게 생각할 수도 있습니다만, 스님들은 스스로 자기 머리털을 민답니다."

"왜죠?"

"그들에게 머리털은 잡념이나 집착 같은 사사로운 상념을 의미한답니다. 자기 자신을 가장 위험에 처하게 하는 것은 외부의 위험이 아니라, 자신의 머릿속에서 떠올리는 두려움이나 불안 같은 거라고 생각하는 것이지요. 그래서 머리를 밀며 그러한 잡념으로부터 자유로워지고자 하는 것입니다."

나는 무아행의 말을 들으면서 잡념이 얼마나 두려운 것이기에 자신의 털을 밀면서까지 그것을 쫓아내려 하는가 하고 소름이 돋았지요.

"잡념이라는 것이 무엇인데요? 지금 여기에도 있나요?"

"그럼요. 그건 어디에나 있을 수 있습니다. 하지만 고양이들은 눈 속에 자신을 비추는 거울이 있다는 건 알고 있겠죠? 그 눈에 담아내고 비춰봐도 사라지지 않는 것들이 잡념이랍니다."

나는 그때 이 공간과는 반대로 안락한 방석이 있고, 영지만의 독특한 심장 소리가 낮게 울려 퍼지는 내 집을 떠올렸습니다. 그러곤 아, 여기에 없는 것을 떠올리며 불안에 빠지는 것이 잡념이구나 하는 것을 깨달았습니다.

"무아행! 지금 나는 잡념에 사로잡혔어요. 큰일이에요. 털을 밀어야 하나요?"

나는 공중에서 한 바퀴를 구르고 이리저리 좁은 공간을 마구 오가며 폴짝 뛰었습니다.

8.

의식의 흐름으로 기억하건대 그 순간에 나는 잠깐 죽어버린 듯했습니다.

"얼른 마타타비를 먹이도록 하세요!"

무아행이 냥! 하고 외치며 나를 붙잡았습니다. 그러곤 바람이 무엇인지 모를 가루 같은 것을 내게 뿌렸습니다. 그러자 나는 이내 몸과 마음이 조금 진정되는 것을 느꼈습니다. 또한 어쩐지 혀나 동공의 움직임이 약간 둔해진 것 같은 기분이 들기도 했습니다.

"이게 무엇이지요?"

"마타타비를 모르시나요? 고양이들의 마음을 진정시켜주는 일종의 약초 같은 것이라고 생각하면 됩니다. 특히나 고양이 우울증에 좋지요."

"마따……따비…… 어쩐지 혀가 얼얼한 기분입니다만……."

"활력이 돌면서 순간적으로 약간의 마비증상이 일어나기도 합니다. 하지만 일시적인 것이니 그리 염려하지는 않으셔도 되지요."

나는 배가 고팠고 졸린 기운을 느꼈지만, 동시에 영지가 있는 집이 그리웠습니다. 하지만 그것은 불안의 늪에서 허덕이는 그리움이 아니라, 꼭 다시 돌아가겠다는 조용한 다짐에 가까웠습니다.

"마타타비란, 바다 건너온 인간의 용어로 '다시, 여행'이라는 의미를 지니고 있지요. 어지러운 정신과 기운이 없는 육체에 어떤 활력을 불어넣어 계속해서 나아가도록 한다는 뜻이랍니다. 고양이들에게 특히나 효능이 깊어서 어떤 고양이는 이 냄새를 맡으면 사족을 못 쓴다고도 하지만, 무엇이든 너무 깊이 의지하는 것은 쉽게 화를 불러오는 법이니 조심해야 하겠습니다."

무아행의 말을 들으며 나는 눈꺼풀이 절로 무거워져 어느새 잠에 빠져버렸습니다. 그러곤 충분한 휴식을 취한 뒤에야 일어날 수가 있었습니다. 정신을 차려 천천히 주변을 돌아보니 길을 여는 바람도 마타타비에 한껏 취해서는 드르렁 드르렁 코를 골며 세상 물정 모르는 숙맥처럼 아주 깊은 잠에 빠져 있었습니다.

"이제 진정이 되었으니 털은 밀지 않아도 되겠군요."

나는 그제야 안도하며 고양이 세수를 했습니다.

"고양이가 사사로운 욕망에 이끌린다고 하여 구태여 털을 밀어야 할 이유는 없습니다. 그것은 인간의 논리이니까요. 당신은 당신의 방식으로 수행에 전념하면 그뿐입니다."

나는 이상하게 그 말이 참 좋았습니다. '당신은 당신의 방식으로 수행에 전념하면 그뿐입니다.' 왠지 모르게 마음이 차분해지는 말이었습니다.

"나의 방식대로 수행에 임한다고요?"
"그렇습니다. 예컨대 살아가는 일이란 결국 긴 수행의 과정입니다. 그렇기 때문에 사람이든 고양이이든 자신의 감정과 생각을 지니고 살아가는 모든 존재들은 그것을 자기에게 알맞은 방식으로 정리하여 내가 숨 쉬고 있는 현실을 계속해서 선한 모습으로 가꾸어가려고 노력해야 합니다. 이를 수행 또는 참선이라고 합니다. 수행이란 그렇게 내 안에서부터 깨우치는 것입니다.

그러나 오늘날 많은 존재들은 삶 속에서 욕망을 지배할 수 있다고 생각해버리곤 한답니다. 안타까운 일이지요. 어쩌면 대부분의 경우 가지면 가질수록 더욱 허전해지는 것이 마음이란 것을 알면서도 인정하지 못하는지도 모릅니다. 때문에 우리는 늘 반성하고 수행을 해야 하지요. 깨우치기 위해서는 허물을 벗고 진짜 나를 발견하는 용기를 길러야만 하니까요. 행복한 마음의 진실한 모습은 지금 이 순간을 온전히 받아들이는 것이랍니다. 그것은 아주 드넓은 대지 위에 자연스러운 바람이 불어오는 풍경과도 같지요. 흔들리면 흔들리는 대로, 비가 오면 그 비를 맞으면서 또다시 햇살에 몸을 말리고 보이지 않는 영역에서 뿌리를 튼실하게 성상시키며 온선히 내 삶의 순리를 따르는 삶으로 나아가는 것입니다.

많은 이들은 그와 같은 평온함이 완벽한 것이기 때문에 너무 멀리 있는 것이라고 착각하기도 하지만 실은 그 깨달음과 자유로움이 모두 내 주변에 지금도 함께하고 있다는 것은 보지 못하고 있지요. 수행이란 바로 그처럼 사사로운 마음을 내려놓고 비로소 자유로운 내가 되었을 때 마주칠 수 있는 온전한 시간을 뜻합니다."

무아행은 그렇게 말한 뒤로 사뿐히 내 주변을 한 바퀴 돌며 무언가를 중얼중얼 조용한 울음 같을 것을 얼버무렸습니다. 나는 그 움직임을 바라보며 다시 말했습니다.

"욕망을 다스리고 나면 그 이후엔 무엇을 하나요?"

"흔들리는 감정을 잘 잠재운 뒤에는 그 속에 어엿한 씨앗 하나를 심어두어야겠지요."

"씨앗이라니요?"

"말 그대로 씨앗 말입니다. 생명의 기초가 되는 것이지요. 그것이 자라 어디로 줄기를 뻗으며 어떤 향기의 꽃을 피우고 얼마나 튼실한 열매를 맺을지는 아무도 모를 일입니다. 그러면서도 계속하여 수많은 갈등과 마주하게 되겠지요. 꽃잎이 금방 떨어지고 미처 열매가 충분히 맺을 시간을 지니지 못한 채로 줄기가 꺾여버리는 순간도 있을 것입니다. 하지만 그 현상, 이를테면 좌절이라는 순간이 줄곧 이어져온 수행의 과정 전체의 결과라고 단정 지을 수는 없습니다. 때로 우리는 너무 성급하게 무언가를 판단하려고 하는 경향이 있지요. 역시나 욕망을 다스린 이후에도, 씨앗을 심고 또다시 수행의 길을 걸어야만 합니다. 나쁜 의견, 성급한 판단, 지나친 집착을 비워놓는 일을 게을리하지 말아야 합니다."

어느새 새벽이 밝아오고 있었습니다. 밝아오는 아침은 대체로 오후의 반짝임과는 다르게 푸른빛을 띠고 있어서 어쩐지 졸린 눈을 하고 있으면 조용히 내 등을 쓰다듬어주는 손길처럼 느껴지기도 합니다. 고양이에게 새벽녘은 사람들이 바라보는 노을 같은 것이겠지요. 빤히 바라보고 있으면 괜스레 마음이 넉넉해지곤 하는 것이 나로서는 수행이란 이 새벽녘의 분위기와 닮아 있는 것이라는 생각이 들었습니다.

"저기, 무아행. 다시 대화를 나눌 수 있을까요?"

"저는 이제 출가를 한 몸이니 언제나 길 위에 있을 것입니다. 언제든 대화를 나눌 수 있는 몸이지요. 미미 씨는 기다리는 이가 있는 몸이니 다시, 돌아가는 것이 도리라고 봅니다."

"내가 없으면 영지가 외로울 거예요. 요즘 털갈이를 하는지 여간 예민한 것이 아니거든요."

"돌아가는 길까지는 배웅해드리겠습니다. 당신은 아직 거리에 익숙하지 않으니까요."

"고마워요. 나는 영지가 보고 싶어요. 하지만 당신과 대화를 나누는 일도 그리울 거예요. 또 달이 밝은 날에 우리집 창을 두드려주시겠어요?"

"어두운 하늘에 조용히 달이 차오르면 그리운 얼굴이 하나둘 떠오른답니다. 당신은 그 친구를 참 좋아하나 보군요. 제게도 물론 그런 존재가 있습니다만……."

무아행은 그렇게 말을 하다 무언가 깊은 생각에 잠겨 버렸습니다. 그러곤 두 앞발을 가지런히 모으는 것입니다. 그것은 합장이라는 것이었습니다. 이윽고 그는 고개를 숙인 채로 한참을 조용히 울었습니다.

"고양이는 보고 싶다고 해서 쉽게 다가서지 않습니다. 인연을 쌓을 때 이미 충분한 벽을 세워놓지요. 그러곤 차분히 그 벽을 하나씩 넘어서며 상대에게로 다가간답니다. 하지만 완전히 마음을 줘버리고 난 이후에는 영락없이 그 존재에 사로잡히게 될 때도 있지요. 내 마음 같은 건 어찌됐든 몽땅 다 가져버려도 좋다고 생각할 정도로 말이에요. 물론 그때에도 겉으로는 무심하게 보일 테지만 말입니다. 그러니 고양이처럼 사랑을 하는 것에 주의하도록 하세요. 너무 소중히하는 것에 마음을 다 줘버리면서도 정작 그 마음을 아낌없이 표현하는 일에는 인색한 고양이들의 생애는 몹시 외로울 수밖에 없답니다. 생에 딱 한 번, 다시는 바꿀 수 없고 거부할 수도 없는 마음이 찾아와서 영영 내 눈 속에 박혀버리는 감정이 있습니다. 그것이 바로 사랑이라고 하는 것이지요. 사랑을 두려워하세요. 사랑은 위험합니다. 하지만 사랑하게 된다면 다른 것들은 다 제쳐놓고 제멋대로 사랑해버리세요. 이러니 고양이의 사랑은 위태로운 것이지만 아름다울 수밖에요. 야옹."

9.

하지만 사랑하게 된다면 다른 것들은 다 제쳐놓고 제멋대로 사랑해버리세요. 그 말이 꼬리에 꼬리를 물며 골목을 따라 길게 늘어진 무언가의 그림자들처럼 나를 붙잡고 놓아주질 않았습니다. 처음으로 보금자리를 떠났다가 해가 밝아올 즈음 돌아오니, 집에서는 묘한 기척이 맴돌았습니다. 이렇게 이른 시간부터 십 곳곳에 아무도 없는 일은 처음이었기 때문입니다. 영지의 부모도 영지도 매일같이 울어대는 작은 아기도 없었습니다. 며칠이 지나 영지의 가족들은 한 번씩 얼굴을 비쳤지만 영지만은 돌아오지 않았습니다. 나는 좋지 않은 예감이 들었습니다.

영지의 아비는 내게 특별히 관심을 보여주지 않았기 때문에 나로서도 굳이 그에게 대화를 걸 이유는 없었지만 온데간데없이 사라진 그녀에 대한 단서를 얻기 위해서는 그 두 사람에게 일일이 캐물어야 하는 수고를 할 수밖에 없었습니다. 하지만 두 사람은 나에게 별다른 설명을 해주지 않았습니다. 평소에야 그들이 나를 싫어하든 좋아하든 내가 상관할 바 아니라고 생각했지만, 이번만은 그 무관심이 괘씸하게 느껴졌습니다. 나는 발톱을 세우고 벽을 사정없이 긁고 옷장과 식탁을 어지럽게 돌아다녔습니다. 그러자 그들도 날카로운 이빨을 보이면서 소리를 질렀습니다.

알아낸 것은 없고 서로간의 신경전은 시간이 갈수록 더욱 치열해질 뿐이었습니다. 나는 영지 방으로 들어가 그녀의 베개 위에서 몸을 말고 휴식을 청하기로 했습니다. 냄새만 맡았을 뿐인데 벌써 마음이 편안해지는 것을 느낄 수가 있었지요. 그러곤 영지가 평소 자주 손목에 걸어두던 비즈 팔찌를 목에 걸어두기로 했습니다. 이 팔찌의 냄새로 동네 길고양이들에게 영지 소식을 물어보면 어떨까 싶어서였습니다.

얼마간의 시간이 흘렀는지는 모르겠습니다만, 그렇게 영지가 없는 영지의 방에서 나는 창문 너머 하늘을 매일같이 바라보곤 했습니다. 이윽고 하늘의 구름이 걷히며 달이 밝게 차오른 밤이 되자, 무아행이 지그시 난간에 기대어 살랑살랑 꼬리로 창을 가볍게 두드리는 것입니다. 마치 오늘처럼 밝은 달이었습니다.

"무아행, 간절하게 바라는 것이 있다면 어떻게 해야 하지요?"

"소원을 빌면서 역시나 수행을 하는 것입니다. 희망을 더 무럭무럭 자라나게 하는 것은 간절함 그 자체가 아니라, 그것을 다루는 자신의 태도에 달려 있으니까요."

나는 지난번 무아행이 그랬던 것처럼 양발을 가지런히 모으고 합장을 했습니다. 그러곤 달에게 소원을 빌었지요. 보고 싶은 사람과 함께 이 좁은 방 안에서 하릴없이 서로의 모습이 가득 고인 눈망울을 바라보다 잠들고 싶다고 말입니다. 내 모습을 보고는 무아행이 나를 쓰나듬어주며 말했습니다.

"넘어진 자에게 손을 건네듯, 무거운 짐을 더불어 짊어지듯, 길 잃은 자에게 방향을 알려주듯, 어둠 안에서 등불을 밝혀주듯이 제가 그 외로움에 함께하겠습니다. 그러니 당신은 스스로 바라보고자 하는 것을 잊지 않기 바랍니다. 당신은 지금 보지 못하는 것이 아니라, 잠깐 주변의 상황이 까마득하여 그 형상을 알아볼 수 없는 것입니다. 그러나 때로 나아가고자 한다면 아주 작은 불씨를 부여잡고서도 우리는 걸을 수 있지요. 이 긴 어둠을 지나고 나면 희망은 더욱 자라나 있을 것이고 당신의 간절함 역시도 결코 당신을 외면하지 않을 것입니다."

우리는 그렇게 다시 담장을 넘어 어딘가로 향했습니다. 무아행은 이 동네에 관한 일이라면 모르는 것이 없다는 고양이 선생님께 나를 데려간다고 말했습니다. 분명 고양이 선생님께 영지의 비즈 팔찌를 가져다주면 그 냄새로 영지에 관한 단서를 얻을 수 있지 않을까 해서 나는 가슴이 마구 두근거렸습니다. 하지만 덜렁이는 무언가를 목에 매달고 있으니 성가신 탓에 연신 뒷발로 목을 긁기도 했습니다.

"그건 무엇이지요?"

"영지 냄새가 깃든 부적 같은 거예요."

"하지만 그렇게 축 늘어진 것을 목에 걸고서 담벼락을 넘고 좁은 틈을 지나는 일은 여간 쉬운 일이 아닐 것 같군요."

"그래도 어쩔 수 없어요. 이건 영지의 것이니 곧 내 것입니다."

"……."

우리는 허름한 책방 뒷문으로 조용히 들어가서 퀴퀴한 종이 냄새가 가득한 긴 통로를 따라 걸은 끝에 고양이 선생님을 만났습니다. 그 선생님은 내가 지금껏 보아온 고양이 중에서도 가장 풍채가 컸으며 마치 한 마리의 복어처럼 부풀어 있어 겨우 앞발이 보일락 말락 했습니다.

"선생님 안녕하세요. 저는 무아행이라고 합니다. 여기 길 잃은 불쌍한 고양이에게 잠깐 시간을 내어주시면 감사하겠습니다."

"흐음 냥, 길들여진 고양이가 그것도 두 마리씩이나 이렇게 찾아오다니 무슨 일인고?"

나는 어찌하여 그 고양이 선생님이 단번에 우리가 길고양이가 아니란 사실을 알아차렸는지 궁금했습니다.

"음, 어떻게 길들여진 고양이인 줄 바로 알아차렸냐고?"

속으로 뜨끔하여 동공이 확장되는 것을 느꼈습니다. 동시에 고양이의 마음까지 읽어낼 수 있는 선생님이라면 영지에 대해서도 알 수 있지 않을까 싶어 기뻤습니다.

"내가 똑똑한 고양이 선생님이라고 불리니까, 네가 찾는 것도 다 알고 있겠다 싶은 건가아? 어엉?"

나는 절로 털이 빳빳하게 굳어서 왠지 모르게 겁이 났습니다. 아마도 그때 내 마음을 다른 이에게 다 들켜버린다고 하는 것이 이렇게 두려운 일일 수도 있다는 걸 처음으로 느꼈던 것 같습니다.

"마음을 다 읽힌다는 건 두려운 일이지, 그치?"

더 이상 가만히 앉아 있을 수가 없어 나는 그만 제자리에서 펄쩍 뛰어올라 몇 걸음 물러난 뒤 낮은 자세를 취했습니다. 그때 무아행이 내 앞을 가로막더니 고양이 선생님께 말하는 것입니다.

"고양이 선생님, 짓궂은 장난은 이 정도로 하시지요."

"으캬캬캬, 글쎄 고양이가 장난도 마음대로 못 친다면 그게 어디 고양이인가. 젊은 친구들, 긴장을 좀 풀어. 그래 궁금한 걸 알려주면 나는 무엇을 얻을 수가 있지? 나는 욕심이 제법 많거든."

"여기 마타타비를 조금 가져왔습니다."

"그건 됐어. 얼마 전에 마타타비를 너무 좋아하던 내 친구가 고양이 심부전증으로 죽게 되었다는 소릴 들었거든. 보다시피 나는 그리 건강한 타입type은 아니라서 말이야."

고양이치고는 어려운 말들을 너무도 자연스레 하는 모습에 왠지 모르게 신통한 기운 같은 것도 느껴졌습니다.

"저기, 검은 고양이 친구 목에 걸려 있는 반짝이는 걸 갖고 싶네만. 그럼 알고 있는 것은 전부 다 알려주도록 하지."

"……."

그 말을 듣고는 가슴이 쿵 내려앉는 것 같았습니다. 그 반짝이는 무언가가 바로 영지를 찾을 수 있는 유일한 단서일지도 모르기 때문입니다. 만약에 고양이 선생님이 알고 있는 것이 별다른 도움이 되지 않는다면 나로서는 괜히 영지의 보물만 빼앗기는 꼴이 되진 않을까 걱정이 앞섰고 잔뜩 심술이 났습니다.

"그쪽은 어떻게 생각하지요?"
"이것은 영지의 것이고, 내 것입니다."
"지금 너무 그 물건에 집착을 하고 있는 것 같습니다만."
"집착이라니요? 그게 무엇이지요?"

나는 무아행과 고양이 선생님의 얼굴을 번갈아 바라보면서 물었습니다.

"집착이란 우리가 조심히 다루어야 할 마음의 형태 중에서도 가장 혼란스러운 부류의 것입니다. 그것은 마음이 균형을 잃고 급류처럼 어딘가로 떠내려가고 있음을 뜻합니다. 삶은 언제나 흐름이라는 걸 지니고 있지요. 우리는 머물러 있지 않고 항상 어딘가로 향해 조금씩 나아가는 중입니다. 하지만 때로 집착과 아집에 빠지게 되면 우리는 도저히 어찌할 방도가 없이 자제력을 잃고 마구 쏟아져버리기도 하지요. 그것은 최선이 아닙니다. 그저 욕심이지요. 그렇다면 과연 균형이란 무엇일까요. 그것은 '분별하는 힘'이라고 말씀을 드리겠습니다. 지금 내게 다가온 일을 분별하는 힘, 지금 내가 느끼고 있는 것을 잘 헤아리는 힘, 타인이 내게 전하는 말에 대해 귀담아듣는 일, 소원을 갈구하는 그 간절함이 내 삶에 어떤 의미인지 알 수 있도록 마음을 깨끗이 닦는 일, 묵묵히 어둠 속을 걸어서 지나가는 일, 그것이 바로 균형이지요. 우주에 속한 하나의 개체로서 어떤 형상 그 자체가 진정으로 어떤 결과를 불러일으킬지 우리는 쉽게 알 방도가 없습니다. 내가 전부 이해할 수 없는 것이기 때문에 삶이란 뜻대로 흘러가지 않지요. 그렇기 때문에 생명체는 저마다 삶을 자기만의 속도로 순항할 수 있도록 균형을 지녀야 하는 것입니다. 그것은 전부 다 감내하고 대비하고 견뎌내는 것이 아닙니다. 때로는 거리를 두는 것이고, 때로는 더 자세히 바라보는 것입니다. 어떤 때는 마음속 거울에 비춰보는 것이고 또 언젠가는 멈출 줄 아는 자세이기도 합니다. 균형은 내 마음의 태도에 따라 그 스스로의 모습도 변모하는 특성을 지니고 있답니다. 쉽게 선택을 할 수 없다면 깊이 호흡하고 생각하세요. 되묻고 끊임없이 갈고 닦는 것입니다. 균형이란 바로 그러한 것입니다. 선택의 길이란 오직 유일한 하나가 아님을 아는 것이고 그 깨달음의 과정 속에서 나 자신의 평화를 알아가는 일입니다."

무아행은 나를 빤히 바라보면서 말했습니다. 나는 그 눈 속에 비춰진 영지의 팔찌를 보았습니다. 그러곤 갑자기 그 거추장스러운 장식품이 미워졌습니다. 아마 좋아하는 마음이 돌연 시원치 않은 기분으로 바뀌는 것은 그리 놀라울 일도 아니셨지요. 고양이라면 하루에도 수십 번은 더 느끼는 감정이니까요. 하지만 그보다 더 싫었던 것은 눈앞에 반짝이는 장식품을 치렁치렁 목에 걸고서 아무리 과장되게 부풀려진 자세를 취해봤자 결국 보고픈 이가 곁에 없으니 그리 행복하지 않다는 사실이었습니다. 그러면서도 나는 쉽게 그것을 포기할 수가 없었습니다. 너무 밉지만 내려놓을 수 없는 것도 있다는 사실이 신기할 따름이었습니다.

"이제 그만 내려놓으시지요."

무아행의 나지막한 목소리에 나는 축 늘어진 어깨로 마지막 발악이라도 하는 듯이 답했습니다.

"……이것은 영지를 떠올리게 하는 것입니다. 그러니 내 것입니다."

그러자 무아행은 자신이 지니고 있던 목탁 모양의 목걸이를 어렵사리 풀어내며 말했습니다.

"나 자신을 불편하게 하는 것은 이미 내 것이 아닌 것입니다."

10.

"우리는 무엇으로 이어져 있을까요?"

목걸이를 풀어헤친 무아행이 내게 물었습니다.

"나는 그렇게 어려운 것에 관해서는 잘 알지 못합니다."

그 물음에 조심스레 답을 하면서 앞서 무아행의 행동이 무엇을 의미하는지 나는 계속 고심했습니다. 그가 왜 갑자기 목걸이를 풀고서 그런 말을 했는지 말입니다. 나 자신을 불편하게 하는 것은 이미 내 것이 아닌 것…… 마침내 나를 바라보는 그의 눈동자 속에서 반짝이는 장식품 그 이면에 영지와 내가 웃고 장난을 치던 순진무구한 추억의 시간이 떠올랐습니다.

"우리는 추억으로 연결돼 있습니다. 그것은 어떤 사물보다도 단단하고 반짝이는 것이지요."
"추억으로 연결되어 있다……."

나는 다 큰 성인의 말을 흉내 내는 인간의 아기처럼 무아행의 말을 따라하며 그 문장에 대해서 어렴풋이 생각해보았습니다.

"맞습니다. 추억, 바로 그것이야말로 영원히 우리가 소유할 수 있는 것이지요. 과거란 아무런 쓸모없이 추억이 되지 않는 법입니다. 이미 지나갔지만 내 안에 계속해서 발현되는 그 무엇이 진정 반짝이는 나의 보물입니다. 당신은 그 사물을 지니고 있지 않아도 충분히 반짝일 겁니다. 언제까지나 그 추억의 소중함을 고이 간직한다면 말이지요."

나는 그의 말을 듣고서 마침내 목에 있던 장신구를 내려놓았습니다. 하지만 구태여 왜 무아행까지 자신의 목걸이를 내려놓았는지에 대해서는 설명이 필요했습니다.

"무아행, 내 집착을 잠재우도록 도와주셔서 고맙습니다. 하지만 당신의 목걸이까지 내려놓을 이유가 있을까요?"
"당신으로 인해 나는 또 한 번 놓치고 있는 것을 깨달았습니다. 오히려 제가 미미 당신께 감사의 뜻을 전해야 할 것 같군요. 이것은 먹을 것이 없어 힘없이 산중을 떠돌던 어린 시절의 제게 스님이 만들어준 선물이었습니다."
"스님이 무엇인데요?"
"스님이란 머리를 다 밀고서 끊임없이 수행을 하고 덕을 쌓아 주변에 선을 행하는 사람들을 일컫는 말입니다. 그 중에서 저는 주지 스님을 가장 잘 따랐지요. 제가 아는 한 가장 사랑스러운 스님이었습니다."

"주지 스님…… 가장 사랑스러운……."

"적어도 저에겐 그랬습니다만, 어쨌든 주지 스님은 제게 합장하는 법을 알려주시고 마음을 다스리는 법도 가르쳐 주셨지요. 우리는 좋은 친구였습니다. 하지만 그는 이제 이 땅에 없습니다. 한 줌의 재가 되어서 절 옆에 있던 오래된 보호수 아래 토양이 되었지요. 자연으로 돌아간 것입니다. 그리고 조금 전 영지의 팔찌를 내려놓기를 망설이던 당신의 모습을 보면서 저 스스로에게도 그런 물음을 던져보았던 것입니다. 과연 나라면 저 목걸이를 내려놓을 수 있을 것인가? 막상 제가 그 상황에 처한다고 생각을 해보니 그것은 너무도 괴로운 일처럼 느껴졌습니다. 하지만 당신이 제 눈 속에서 영지와의 추억을 떠올렸듯이, 저 또한 당신의 눈동자 속에 비친 이 목탁 모양의 목걸이를 보면서 주지 스님과의 추억을 떠올릴 수 있었습니다. 보고 싶어도 다시 볼 수 없던 사람을 당신으로 인하여 다시 떠올릴 수 있었습니다. 덕분에 또 한 번 깨우침에 가까워진 기분입니다."

"무엇을 깨우쳤는데요?"

"때로 선이란 확고한 선택뿐만이 아니라, 주저함을 통해서도 드러난다는 것을 말이지요. 당신은 망설였지요. 왜냐하면 그 작은 인연을 가벼이 생각하지 않았기 때문입니다. 작은 사물 그 자체가 아니라 그 사물과 연관된 추억들을 어여삐 여겼기 때문이지요. 인생이란 쉬이 내 뜻대로만 움직이지 않는 법이랍니다. 따라서 우리는 매일 망설이고 주저할 수밖에 없습니다만, 그 뒤척임 속에 근심과 불안이 아니라, 명랑하고 아름다운 이야기들도 함께 뒤섞여 있다는 사실을 발견할 수만 있다면 조금씩 자신만의 지혜를 빚어갈 수 있습니다. 당신의 눈 속에서 그러한 마음가짐을 느꼈습니다. 어리석음을 잠재우는 것은 괴로움으로부터 멀리 달아나는 것이 아니라, 그 마음 안에 자리하고 있는 아주 작은 행복의 씨앗을 더 살뜰히 지키고 보살피는 일이라고 말입니다."

무아행은 그렇게 말하며 꼿꼿이 서서 합장을 하더니 나를 꽉 안아주었습니다. 그 온기를 느낀 순간, 처음으로 경험하는 포옹이었음에도 제법 익숙한 따스함을 느꼈습니다. 나는 바닥에 떨어져 있는 장신구들을 보면서 진정 내 것이란 무엇인지에 대해 생각했습니다. 그것은 어쩌면 내가 가지고 있는 것이 아니라, 내가 느끼고 있는 것이 아닐까요. 내 마음속에 지금 가득 차서 일렁이고 있는 행복한 웃음소리와 또렷이 떠오르는 향기에 비하면 고작 겉으로 반짝이는 저 사물들은 무거운 짐일 따름이라는 생각이 들기도 했습니다.

나는 영지의 미소를 떠올렸습니다. 그리고 내 보금자리에서 영지네 가족들과 함께 복닥복닥 하루도 조용할 날이 없이 흘러가던 일상의 번잡함에 대해 생각했습니다. 그 시시콜콜한 기억들은 너무 온화하고 은은해서 차마 고양이의 언어로도 그것을 완전하게 표현하기가 어려울 정도였습니다. 나는 그 순간으로 온전히 돌아가고 싶다는 바람을 지녀보았습니다. 하지만 가장 간절히 원했던 것은 그 행복한 기억을 회상하는 데 그치지 않고, 가족들이 다 모인 자리에서 '글쎄 자네들 그동안 별일 없었는가?' 하고 가족의 평안을 묻는 것이었습니다. 별일 없었다고 답하는 그들의 말에 무심히 웃어 보이며 또 하루의 재미를 찾아 집안 곳곳을 유랑해볼 수 있다면 얼마나 행복할는지.

"제법 낭만적인 친구들이구먼. 그것들 둘이라면 내가 알고 있는 건 모두 다 이야기해줄 수 있겠어."

고양이 선생님은 그렇게 말하며 처음으로 두꺼운 방석에서 엉덩이를 떼고는 예상보다 훨씬 더 날렵한 몸짓으로 홱 팔찌와 목걸이를 챙겼습니다.

"둔해 보여도 고양이는 고양이니까 크하하. 자 그럼 궁금한 것들을 말해보시게나."

마침내 영지의 행방에 대해서 알 수 있게 된 것입니다. 나는 서둘러 입을 열었습니다.

"내 친구 영지가 집을 나가서 돌아오지 않습니다. 어디에 있는지 아시나요?"
"듣자하니 영지라면 인간을 말하는 건가? 그들과 머물던 보금자리가 어디에 있는지를 알려주면 뒷골목 소식통에게 문의해보겠네."

보금자리의 위치를 남에게 설명해본 적은 없었기 때문에 나는 퍽이나 당황했지만 때마침 무아행이 나서서 주소를 설명하는 일을 도와주었습니다. 그제야 알겠다는 듯이 고양이 선생님이 냐옹 하고 크게 울음소리를 내자 어디선가 검은 고양이 한 마리가 나타났습니다. 고양이 선생님은 뒷골목을 오가며 살아가는 길고양이들에게 먹을 것들을 조금 나누어 주며 정보를 얻는 듯했습니다. 일종의 공생집단 같은 것이었습니다.

"저기 고양이 친구들이 설명한 동네에서 최근 '영지'라는 친구에게 무슨 일이 있었는지 고양이 커뮤니티를 통해 한 번 알아오게나."

"냐옹."

검은 고양이는 재빠르게 대답을 하고는 다시 어둠 속으로 슬그머니 사라져버렸습니다.

"내 길고양이 소식통들이 탐정처럼 주변을 수색하고 돌아올 테니 그때까지 조금 기다리게나. 그건 그렇고 오랜만에 길들여진 고양이 친구들을 만나니 반갑구먼."

"그럼 선생님도 혹시……?"

"물론이지. 주변을 한번 둘러봐. 뭐가 보이지?"

주위에는 이제 곧 소멸할 것 같은 빛을 겨우 발하는 전등 아래 수많은 책들이 책장에 꽂혀 있었습니다.

"여기는 책을 사고 파는 곳이야. 나와 같이 지내는 인간은 이곳의 주인장이지. 내가 여기에서 지내기로 한 지도 벌써 10년이 넘었어. 듣자하니 무아행 당신은 친구를 먼저 떠나보낸 모양이지? 기분이 어떤가? 아무튼 길들여진다는 건 위험한 일이야."

"주지 스님은 이번 생을 온전히 보내시고 먼저 가서 저를 기다리고 계십니다. 슬프지만 모든 것에는 끝이 있으니까요. 하지만 우리는 언제 어디에서든 다시 만날 거라고 믿고 있습니다."

무아행은 투명하게 빛나는 눈망울로 그렇게 답했습니다.

"음, 그렇게 생각하는가. 그 사람은 꽤나 행복했겠어. 고양이에게 마음을 얻는 일이 어디 쉬운 일인가. 여기에 앉아서 창밖을 바라보고 있으면 인간들은 참 신기해. 부질없는 것들에 청춘을 쏟기도 하거든. 나와 함께 지내는 인간은 무슨 시험공부 같은 걸 한답시고 골방에 틀어박혀서 책만 보다가 젊은 시절을 다 흘려보내더니, 짝짓기 같은 것은 물론이고 낮잠도 마음대로 못 자면서 그렇게 무언가를 달달 외우기만 했는데도 매번 낙방하더라 이 말이지. 인간들은 그런 큰 시험에 통과하고 나면 제법 많은 것들을 보장받는 모양이야. 안락한 환경 같은 거 말이지. 계속 노력은 하는데 먹을거리도 떨어지고 생계는 이어가야 하니 내 친구는 이 오래된 책방에서 일하며 살고 있는 거야. 오늘도 계속 책만 보더란 말이지. 그렇게 10년도 넘게 말이야. 그러면서도 내 밥그릇에 밥을 주는 시간만은 꼭 잊지를 않아. 안쓰러운 마음이 드는 녀석이지."

고양이 선생님은 함께 사는 인간 이야기를 할 때 처음으로 흥분한 듯이 보였습니다. 그리고 내가 물었습니다.

"선생님은 왜 그런 사람과 오랜 시간 함께 지내고 계시는 거죠? 언제든 원하면 떠날 수도 있을 텐데 말이에요."

"나는 욕심 많은 고양이야. 더 안락한 곳에서 맛있는 간식을 먹고 즐겁게 살고 싶은 마음이 아주 크다! 이 말이지. 그런데 말이야, 참 묘해. 길들여진다는 건 참 설명하기가 애매하단 말이지. 그러니까 누군가와 너무 오래 같이 있다 보면 그 사람이 좋든 싫든 그냥 편할 때가 있거든. 그래서 길들여진다는 건 무서운 법이야. 나는 그 녀석이 어려운 시험 같은 거 통과할 거라고 생각하지 않아. 정말이지 답답하고 바보 같거든. 아니 어쩌면 계속 그렇게 책만 보고 내 밥만 챙겨주길 바라는지도 모르겠어. 이제는 너무 큰 부귀영화 같은 걸 바라지도 않아. 다만 함께 있으면 편하기 때문에, 그게 너무 당연하고 자연스럽기 때문에 계속 머물러 있는 것뿐이지."

함께 있는 것이 당연하고 자연스럽기 때문에. 나는 그 말을 들으면서 영지와 고양이 코 장난을 치던 일을 떠올렸습니다. 그 아이가 "고양이 코!" 하고 외치며 손가락을 치켜세우면 나는 최대한 우아하게 걸어가 그 손가락 끝에

꾹 코를 갖다 대는 것이지요. 고양이의 순발력과 유연함이 돋보이는 장난이라 퍽 자부심이 생기기도 하는 놀이입니다. 영지는 놀이가 끝나면 내게 감탄하여 간식을 대접해주었지요. 그 아이는 내가 간식 같은 것에 집중하고 있을 때면 은근히 발바닥을 만지려 들기도 했습니다. 그럴 때마다 귀찮은 마음에 영지를 자주 깨물곤 했었는데, 갑자기 그 성가심이 그리워서 마음이 아려왔습니다.

11.

이 외로움을 어찌해야 할까요. 사실 추억이라는 것은 의외로 나를 성가시게 했던 많은 일들 속에서 자라나는 듯합니다. 나는 머뭇거리는 일이 가장 생산적인 활동이라고 생각하며 그 소중한 시간들을 대수롭지 않게 여기고서 자라왔습니다. 그렇기 때문에 삶에 있어 지금 내 곁에 너무도 당연한 기쁨이 존재함으로써 자라나는 안도감, 바로 그것에 대하여 비로소 고마움을 느끼고 있습니다. 보고픈 이를 다시 만난다고 해도 아마 나는 태연한 듯이 행동할 것입니다. 마음으로는 깊이 감사함에도 불구하고 겉으로 드러나는 모습은 천연스러운 태도를 고수하고 싶습니다. 당연한 것을 온전히 그 모습 그대로 느끼기 위해서는 유별나게 행동하지 않아야 한다고 생각하기 때문인 것 같기도 합니다.

지금까지 기억하는 이야기들을 새삼스레 다시 떠올려보면서도 나는 그것이 내게 어떤 의미를 지니는지 정확히 파악할 수가 없는 노릇입니다. 모든 것이 무언가의 결과물입니다. 그렇기 때문에 건강한 마음을 지니기 위해서는 어찌됐든 생산된 느낌들을 내게 좋은 방향으로 생각해 나가는 힘을 길러야만 하는 법이지요.

나는 지금 눈이 내린 거리를 홀로 외로이 걸으며 보금자리로 향하고 있습니다. 무아행도 고양이 선생님도 영지도 없이 홀로 이 길 위에 남겨진 것입니다. 꾸욱꾸욱, 눈을 밟으면 사뿐 느껴지는 그 소리들을 들으면서 나는 가야 할 길로 걷고 있습니다. 내가 소중히 생각했던 이들은 지금 다 어디에 있을까요. 영지는 수행에 들어갔고 무아행도 떠났습니다. 고양이 선생님은 아직도 폭신한 방석 위에서 책을 읽으며 골목 소식통을 통해 이 세계에 일어나는 사사로운 이야기들을 수집하고 있겠지요. 그렇다면 나는 어디로 향해야 하는 것일까요. 본래 길에서 태어난 고양이로서 영지가 없는 보금자리에 굳이 내가 머물러 있어야 할 이유가 있을까 하는 의구심이 조금씩 꾸물거리는 것을 느낄 수가 있습니다.

이 외로움을 어찌해야 할까요. 하지만 구태여 그러한 느낌에 변명을 하고 싶지는 않습니다. 나는 외롭습니다. 자동차 유리문 위로는 누군가 적어둔 글씨 위로 다시 눈이 쌓여가며 단어들이 희미해지고 있습니다. 어차피 지워져 버리고 말 곳에 무언가를 적어두는 이유는 무엇일까요. 반대로 어떤 이들은 벽이나 바위 같은 곳에 소원을 새겨

놓기도 합니다. 하지만 그것 또한 시간의 역사에 비하면 아주 작은 티끌로 사라져버릴 텐데 영원하지 않을 것들에 왜 그렇게 많은 바람을 담아두는 것일까요. 나는 마음을 표현한다는 것에 대하여, 그러니까 내가 느끼는 것을 무언가로 비유하는 일이 어떤 의미를 지니는지 알고 싶다는 충동을 느꼈습니다.

분명 언어에는 한계라는 것이 있겠지요. 인간이 고양이의 말을 알아듣지 못하듯, 고양이도 인간의 언어를 완벽히 구사할 수는 없습니다. 심지어는 같은 종에 속한 존재라고 할지라도 서로의 언어를 분간하지 못하고 각자가 생각하는 방식으로 지레짐작해버리기도 하지요. 어찌 보면 감정의 언어화는 자못 불합리한 일인지도 모릅니다. 내가 생각하는 방식으로 타자도 똑같이 세상을 읽어내지 않으니 모든 존재에게는 그저 각각의 세계와 독해만이 있을 뿐 그 느낌을 있는 그대로 주고받는 일이란 거의 불가능한 것입니다.

그러나 조금 전 창문 너머에 비친 영지의 얼굴을 보았을 때 나는 스스로도 인지하지 못한 채로 울음을 터뜨리고 말았습니다. 아마도 오늘처럼 조용히 흐르고 있는 이름 없는 새벽에는 외로움에 부푼 기적들이 타성에 젖어 그렇게 울어대기도 하나 봅니다. 갈림길에 다다르자 나는 잠시 망설였습니다. 어디로 향할지에 대한 고민 때문은 아니었습니다. 나는 가야 할 곳이 있기 때문입니다. 그리고 마침내 생각했습니다. 보금자리라는 것은 근사하거나 특별한 의미로 치장되어 있지 않고 다만 가장 나다울 수 있는 곳에 근거하고 있을 뿐이라고 말이지요. 나는 그곳에서라면 내 쓸쓸함을 사랑할 수도 있다고 생각했습니다. 누군가를 향한 그 기다림을 일상으로 살아도 마냥 좋을 거라고 느끼기도 했습니다. 하나 그 장소에 다시금 발을 내디뎠을 때, 덜컥 느껴질 그 누군가의 빈자리와 사랑의 빈곤에 대해서 내가 어떻게 반응을 해야 할지에 대해서는 좀처럼 알 수가 없었습니다.

나는 잠시 달을 보며 허공에서 춤을 춰보기로 했습니다. 내리는 눈을 보고 있으면 참 신기하기만 합니다. 하늘에서는 어째서 이처럼 기묘한 부유물이 내려오는 걸까요. 세상이 온통 새하얗게 잠식되고 있습니다. 아무도 밟지 않은 눈이 골목 끝까지 이어져 있네요. 아름다웠습니다. 나는 사랑이나 아름다움에 관하여 한 번도 배워본 적이 없습니다만, 어렴풋이 사랑한다고 느끼고 아름답다고 생각하는 나 스스로가 놀랍기도 했습니다. 어쩌면 그러한 감각은 배움이라기보단 본능적으로 터득해가는 것일까요.

나는 영지의 눈 속에서 꼬리를 살랑살랑 흔들며 나른한 오후를 보내고 있는 어린 나를 떠올려보았습니다. 그리고 깨달았습니다. 때로는 실재하는 나보다 어딘가에 비친 내 모습이 더욱 사랑스럽고 근사한 모습으로 존재하기도 한다는 것을 말이지요. 그 투명한 눈빛을 벗어난 나는 더 이상 내가 아닌 것입니다. 그러니 그녀의 부재는 곧 나의 부재이기도 합니다. 따라서 사랑의 부재란 나를 둘러싼 모든 세상의 부재입니다.

다시 영지를 찾아 헤매던 이야기로 돌아가보도록 하지요. 시간은 끊임없이 흐르고, 눈은 부지런히 대상을 찾아 움직여야만 온전히 그것을 지각할 수 있습니다. 그러니 지나간 일을 다시 떠올린다는 것은 더욱 세심한 집중이 필요합니다. 나는 눈을 감고 자세를 꼿꼿이 바로잡았습니다. 그러곤 불경을 외듯 촘촘히 시간의 단락을 되감아가며 그 시간으로 회귀합니다. 고양이는 그렇게 한 번의 생애 동안 삶을 몇 번은 다시 살아보기도 하나 봅니다.

아아, 그 친구를 생각하니 마음이 따뜻해집니다. 삶의 온기가 이 정도라면 나는 언제까지나 적당하고 행복한 고양이일 것입니다.

12.

자, 이제부터 하나둘 지워가는 겁니다. 편안하게 호흡하세요. 그날을 떠올리면 제일 먼저 지워간다는 문장이 떠오릅니다. 무아행은 긴장이 조금 풀렸는지 기지개를 켜며 말했지요.

"잠깐 목이라도 축이는 것이 좋겠어요."

그 말을 들은 고양이 선생님은 앞발로 작은 그릇을 가리키며 물을 권했습니다. 나는 혓바닥으로 물을 조심스레 머금으면서도 눈은 계속 영지의 팔찌를 바라보았습니다. 아무래도 무언가로부터 완전히 자유로워진다는 것은 쉬운 일은 아닌 듯했습니다.

"고양이 커뮤니티는 이 동네에 관해서라면 모르는 게 없으니 걱정 말고 조금 쉬고 있게나."

선생님은 그렇게 말했지만 나의 성급한 마음은 자꾸만 내 휴식을 방해했습니다. 나의 초조한 모습을 본 무아행은 마음이 퍽 안쓰러웠는지 조용히 다가와 명상이란 것을 알려주었습니다.

"침착하게 생각하세요. 명상을 해보는 것입니다."

"그게 무엇이지요?"

"명상이란 삶의 균형으로 향하는 생각의 호흡법 같은 것입니다. 신체가 기능적으로 숨을 들이마시고 내쉬며 새로운 산소를 몸 곳곳에 공급해주듯이 정신도 건강한 호흡을 토대로 튼튼하게 삶 속에 뿌리내리는 것이지요."

"정신의 호흡을 통해서 튼튼한 뿌리를 내린다?"

"그렇습니다. 자신의 마음만은 다스리고 스스로 조형하는 것입니다. 비록 신체가 한계점을 지니고 있다고 하더라도, 마음만은 계속해서 빚어가며 그 빛을 맺어갈 수 있도록 노력할 수 있는 법이니까요. 명상이란 현실과 육체를 초월하여 내 안의 평온함을 견지하는 방안입니다."

나는 무아행을 따라 가부좌를 틀고 앉아 명상을 해보았습니다. 눈을 감고 몸의 무거움을 내려놓고 마침내는 마음의 짐마저 다 내려놓을 수 있도록 생각을 차분하고 점차 깊게. 그러고는 내가 지금 무엇을 하고 있는지, 어떤 근심을 지니고 있는지조차도 다 흘려보내는 것입니다. 마침내는 내가 누구인지조차 잊어버릴 때, 나는 자유로워지며 진정한 안식을 도모할 수 있다고 무아행은 말했습니다.

"마음의 문제는 현실적인 대안으로서 쉽게 다그칠 수가 없는 법이니, 근본적인 치유법은 마음 그 자체의 자정기능을 높일 수 있도록 수행하는 일에 있습니다. 따라서 우리는 생각해야만 합니다. 그러나 생각하는 방법으로 우리는 잊어버리기를 택하는 것입니다. 지금 제가 알려드릴 명상은 수많은 방안들 중 하나일 뿐입니다만, 가장 근본적인 것이기도 합니다. 마음수행은 생각하는 것을 잊어버리는 방식으로 점차 길을 만들어가지요. 모순적으로 보이는 그 행위가 우리 마음을 얼마나 편안하게 만들 수 있는지, 당신도 스스로 경험해보는 겁니다. 그렇게 잊어버리고, 지워가다 보면 문득 당신의 중심에 이르게 될 것입니다. 자, 편안하게 호흡하세요. 그리고 이제부터 하나둘 지워가는 겁니다."

그 말을 들으며 나는 내 안에 차오르는 어떤 불안한 기운들을 잊어버리려고 하였습니다. 천천히 호흡하면서 하나둘 내게 필요 없는 것들부터 지워나갔습니다. 장난감, 간식, 보드라운 솜이불, 방석, 발톱을 긁어낼 벽…… 하지만 그렇게 하나씩 지워가다 보니 더는 지워낼 수 없는 것들과 마주하고야 말았습니다. 첫 번째로 아직 직립보행도 하지 못하는 갓난아이를 떠올렸습니다. 제 혼자서는 사냥도 할 줄 몰라 그대로 내버려두기에는 걱정이 앞섰습니다. 그리고 영지의 부모가 생각났습니다. 영지가 없으니 그들도 나처럼 영지가 많이 보고 싶을 텐데 하는 연민의 마음을 내려놓을 수가 없었습니다. 마지막으로 영지의 미소가 떠올랐습니다. 나는 도저히, 도저히 그 친구의 웃는 모습을 잊을 수가 없습니다. 그것만은 생의 마지막까지 가져가고 싶다는 욕심이 차올랐습니다.

"기분이 어떻지요?"

얼마간의 시간이 흘렀는지도 모른 채, 그렇게 생각과 씨름을 하던 중 무아행이 조용히 물었습니다. 나는 공교롭게도 눈을 감고서 무언가를 잊으려고 하면 할수록 자꾸만 선명해지는 것들이 있음을 알게 되었습니다. 역시나 개운하다가도 쉽게 어지러워지는 것이 마음이라는 것일까요.

"잊어버려야 한다, 내려놓아야 한다, 그렇게 다그치니 오히려 그것들이 더욱 큰 짐처럼 다가옵니다."

나는 눈을 질끈 감은 채로 답했습니다.

"경유몰유遣有沒有 중공배공從空背空. 유를 버리려 하면 오히려 유에 빠지게 되고 공을 쫓으려 하면 도리어 공과는 어긋나게 된다는 것을 뜻하는 말입니다. 자 한번 따라서 마음으로 읊어보시지요."

"경유……냐옹, 몰유 중공배공 냥……."

어쩌면 참된 마음수행이란 모든 걸 다 내려놓으면서 이 생을 허무함과 덧없음으로 둘러싸는 것은 아니라는 생각이 들었습니다. '버리려 하면 그것에 빠지게 되고, 쫓으려 하면 그것과 어긋나게 된다…… 경유몰유 중공배공.' 살아가다 보면 어쩔 수 없이 지켜내고픈 무엇이 생기곤 하겠지요. 그 모든 것을 마냥 비우려 하다가는 내가 살아가야 할 이유마저 잊어버린 채로 영락없는 떠돌이 신세가 될지도 모를 일입니다. 나는 그 친구의 미소를 내려놓고 싶지 않았습니다.

어쩌면 그 미소가 내 삶의 중심은 아니었을까요. 고양이에게 균형이란 아주 중요합니다. 걸음을 걸을 때에도 낮잠을 청할 때에도 심술을 부릴 때에도 고양이는 늘 자기 균형을 유지하기 위해 노력하지요. 때로는 어떤 이유가 있어서가 아니라, 언제 어디서든 그 중심을 유지하고 있는 스스로가 대견하여 삶 자체를 어여삐 여기는 것 같기도 합니다.

"어때요? 호흡하고 생각을 하니 조금 진정이 되시나요?"

"편안해지다가도 불안합니다. 마음이 자꾸만 굳건해지다가도 덜컥 두려움이 느껴집니다…… 혹시 내가 잘못된 걸까요?"

나는 길게 숨을 내쉬며 물었습니다.

"그렇다면 다행입니다. 당신은 바른 길을 가고 있군요. 만물은 파도처럼 일렁이며 자신만의 호흡을 한답니다. 가지를 떨며 어렵사리 자라난 식물에서 아직 새파란 잎이 떨어지기도 하고, 바람을 타고 유유자적 흘러가던 구름이 예정에 없던 기류를 만나 흔적도 없이 사라지기도 하지요. 하지만 잎을 떨구었기 때문에 나무는 한층 더 건강한 뿌리로 성장해나갑니다. 제 스스로 모든 걸 안고 나아갈 수 없다는 걸 본능적으로 깨닫고 내려놓아야 할 것과 그 때를 아는 것이지요. 그것이야말로 열반에 다가서는 지혜일 것입니다. 지혜란 무언가에 집착하여 소유하고자 할 때가 아니라, 내려놓을 때 비로소 자신에게 스며들기도 하는 것입니다. 마찬가지로 소멸된 구름은 눈으로는 보이지 않으나 언젠가는 비와 눈으로 지상을 방문하여 그것들은 다시금 강물이 되어 흘러갈 것입니다. 사라지고 마치 끝이 난 것처럼 보였으나, 실은 그 모든 것이 과정일

뿐 무엇 하나 잘못되거나 어긋난 것이 아니라는 뜻이지요. 그렇게 만물은 변화하고 뒤척여가며 어딘가로 흘러갑니다. 그것이 살아가는 일입니다. 그 흐름 속에 크고 작은 행복이 있고 또 그 안에 잘게 쪼개진 고통과 불안이 존재하고 있는 것입니다. 괴로움이란 무엇인가요. 그것은 행복의 영역 밖에 속한 것이 아닙니다. 실은 모두가 하나입니다. 근원적인 감정들, 행복이니 불행이니 하는 것은 사실 고정된 실체가 있는 것이 아니라, 내가 바라보는 대로 느껴지는 것과 달리 드러나는 삶의 다양한 모양입니다. 그러니 여러모로 현상을 바라보면 흔들리는 자아도 성실히 뿌리내리고 있는 성장점이 되며 웃음이 그치지 않을 만큼 가득 찬 대화 속에서도 뜻을 알 수 없는 상실과 허무함을 느낄 수 있지요. 언제나 고정된 것은 없습니다. 모든 것이 구름과 강물처럼 흘러가고 있습니다. 다만, 중요한 것은 때를 아는 것이겠지요."

"다만 중요한 것은 때를 아는 것……."

나는 그 말을 수염 속에 숨겨두고 늘 내 삶을 견지해나가는 부적처럼 간직하고 싶다는 생각을 했습니다. 하지만 제아무리 그 때를 기다리고 인지한다고 해도 과감히 무언가를 내려놓고 자신의 마음을 믿어보기란 쉽지 않을 것임이 분명합니다. 어렵기만 하네요.

바로 그때 고양이 커뮤니티에서 어떤 신호가 왔음을 알아차렸습니다. 날렵한 고양이 한 마리가 고양이 선생님께로 다가가 무언가를 중얼거렸습니다. 제법 이야기를 주고받더니 선생님은 무거운 표정으로 말했습니다.

"음, 쉽지 않겠군."
"영지를 찾았나요?"

급한 마음에 혀를 입속에 넣는 일도 까먹은 채로 나는 고양이 선생님 곁으로 뛰어갔습니다.

"얼마 전에 요란하게 울리는 사이렌 소리와 함께 그 여자아이가 사라진 걸 목격했다는 고양이가 있다고 하네만!"
"그게 어떤 의미이지요?"
"병원에 갔다는 말이지. 이를테면 고양이 심부전증인지도 모르겠어."
"병원으로 간 아이가 영지라는 증거가 있나요?"
"그 팔찌에서 나는 냄새를 기억하고 있는 고양이가 있었다고 하네. 평소에 길고양이들에게도 친절히 간식을 주곤 했던 모양이야."

나는 털이 온통 곤두서서 나도 모르게 발톱으로 고양이 선생님의 이마를 할퀴고 싶다는 생각이 들었습니다. 바로 그때 무아행이 내 귀를 깨물며 진정하라는 뜻을 전했습니다.

"혹시 그 아이에게 특별한 증상 같은 것이 있었나?"

"영지는 특별한 아이입니다. 심장 뛰는 소리가 보통의 인간들과는 다르거든요. 나는 그 소리를 들으며 낮잠을 자는 일을 특히나 좋아했어요."

"심장 뛰는 소리가 다르다는 건 말이야. 심장에 어떤 기능적인 장애가 있다는 뜻으로도 받아들여질 수 있으니 쉽게 낙관할 수 있는 상황은 아닌 것 같군. 병원이라면 복잡하고 경비가 삼엄해서 도통 영지를 찾는 게 쉽지는 않을 거야. 안내는 저 고양이가 해줄 걸세."

나와 무아행은 대답도 잊은 채 그 고양이를 쫓았습니다. 바로 그때 고양이 선생님이 다시 한번 무거운 엉덩이를 일으켜 세워 내 앞을 막더니 이렇게 말하는 것입니다.

"이건 그냥 자네가 다시 가져가는 게 좋겠군."

고양이 선생님은 내게 다시 영지의 장신구를 채워주면서 말했습니다.

"어째서 다시 돌려주는 거지요?"

"세상엔 결코 내 것이 될 수 없는 게 있으니까. 내가 지니고 보석함에 꽁꽁 숨겨두어도 절대로 내 것이 되지 않는 것이 있지. 어차피 내 것이 아닌 걸 굳이 욕심내서 가지고 있다간 오히려 더 초라해질 뿐이니까 말이야."

"그게 무엇인데요?"

"온통 누군가에 대한 마음으로 가득한 것. 그런 건 그 대상만이 지닐 수 있는 것이지 다른 이들이 함부로 가로챌 수는 없는 법이지."

13.

새벽은 도약하는 일과 잠을 청하는 일 그 모든 게 알맞은 시간입니다. 특히나 밤의 색감이 검게 무르익으면 그 시간은 고양이에겐 모처럼 펼쳐진 들판과도 같지요. 주변의 방해물들이 대체로 잠들어버린 시각, 그때만큼 달리기 좋은 날도 드물겠지요. 우리는 그림자에 스며들어 물이 증발하듯 눈치채지 못하게 이곳저곳을 넘나들 수 있습니다. 담벼락을 이용하면 그 시간, 이 세계에서 고양이만큼 빠르게 움직일 수 있는 존재들은 그리 많지 않을 정도죠. 우리는 마치 본래 그곳으로 향하는 운명을 타고난 듯이 뒤도 돌아보지 않고 세차게 흘러가는 강물처럼 어딘가를 향해 달렸습니다.

나는 너무 지쳐서 금방이라도 탈진을 할 것 같았지만 영지가 고양이 심부전증에 걸렸을지도 모른다는 생각에 마냥 휴식을 취할 수가 없었습니다. 병원이란 곳은 너무 멀어서 마치 그곳이 세상의 끝은 아닐까 하는 생각이 들 정도였습니다. 호흡이 가쁘게 차올랐습니다. 지루함 같은 것은 도저히 끼어들 틈이 없을 정도로 피로감이 촘촘히 나를 에워쌌습니다. 앞에서 길을 안내하는 고양이의 꼬리가 마치 거꾸로 세워놓은 괘종시계의 추처럼 흔들렸습니다. 보금자리를 벗어나 영지에게로 가는 길은 뒤집어진 세상의 추를 따라서 흘러가는 기묘한 여정 같았습니다.

그렇게 꼬박 하루가 지났습니다. 윤기가 흐르던 내 털들은 더러워졌거나 아예 뽑혀버렸습니다. 급하게 담벼락을 넘느라 발톱이 부러지기도 했습니다. 하지만 우리는 어떻게든 병원에 도달했습니다. 무사히 말이지요. 무언가에 대한 간절한 갈증에 비하면 이러한 고통쯤은 무사한 것입니다. 우리는 너무 지친 탓에 화단에 몸을 숨겨 잠시 휴식을 취하기로 했고, 길을 안내해주었던 고양이는 행운을 빈다며 내게 얼굴을 한 번 부빈 뒤 다시금 어딘가로 사라져버렸습니다. 너무 힘겨워서 심장이 터질 것 같았습니다만, 나는 그때에도 나의 이러한 나약함이 못마땅할 정도로 그녀의 품이 지니고 있는 온기에 몹시 갈증을 느끼고 있었습니다.

조금 숨을 고르니 이번에는 허기가 밀려왔습니다. 무아행도 지친 기색이 역력했습니다. 그런데 마침 화단 중앙에 그릇이 놓여 있는 것이 아닌가요. 이내 어떤 고민을 할 겨를도 없이 작은 그릇 속에 있는 사료를 향해 달려갔습니다. 하지만 공교롭게도 내가 그곳에 도착하기 한 걸음 전에 무아행이 나를 저지하고서는 재빠르게 그곳으로 달려드는 것이 아닌가요! 아주 짧은 순간이었지만 나는 그를 원망했습니다. 그러한 행동은 내가 아는 그의 모습과는 전혀 달랐으니까요.

하지만 몸의 균형을 되찾고 눈앞에 벌어진 일을 다시금 바라보았을 때, 나는 처음으로 스스로에게 커다란 실망감을 느낄 수밖에 없었습니다. 누군가에 대한 원망과 미움은 자신이 보고 느끼는 좁은 시야로 인해서 일어날 수도 있다는 것을 그때 깨달았는지도 모릅니다. 무아행은 허기를 채우기 위해 나를 밀치고 앞서 달린 것이 아니었습니다. 그는 나를 보호하기 위하여 스스로를 희생했던 것입니다. 무아행이 나를 밀치자 곧장 철망이 떨어지며 도망칠 곳을 막았습니다. 그는 좁은 공간에 갇혀서 체념한 듯이 나를 보고 가여운 미소를 지었습니다.

"미미, 이건 덫이라는 거예요. 애석하게도 덫에 걸리고 말았어요."

"덫!? 그게 무엇이죠? 어떻게 하면 탈출할 수 있을까요?"

나는 날카로운 송곳니로 철망을 물어뜯으려 안간힘을 썼지만 안타깝게도 그것은 너무 단단했습니다.

"죄송해요. 무아행! 내가 배고픔에 이곳으로 달려들지만 않았어도 당신이 갇힐 일은 없었을 텐데…… 어째서 이런 일이!"

"괜찮습니다. 너무 스스로를 나무라지 마셔요."

"덫에서 빠져나가려면 어떻게 해야 하죠? 정말로 미안해요. 나 때문이에요."

나는 계속해서 어쩔 줄을 몰라 하며 철망을 빙글빙글 돌기만 할 뿐이었습니다. 그저 모든 게 다 내 탓인 것만 같아서 속상했지만 사실 더욱 참을 수 없었던 건 나를 위해 희생한 그를 탐욕스러운 고양이 취급하며 일순간 마음속으로 나쁜 감정을 품어버린 것이었습니다. 나는 그러한 자신에게 몹시 화가 난 바람에 내 꼬리를 콱 깨물어버렸습니다.

"미미, 지금부터 제가 하는 말을 잘 들으세요. 덫이라는 건 때로 누군가의 잘못에 의해서 일어나는 게 아니랍니다. 가끔은 그저 나와 무관하다고 여겨지던 어떤 별개의 사건들과 상황들이 일순간 급류를 타고 내게로 덮쳐오며 우리로 하여금 막다른 길을 향하도록 만들기도 하지요. 그때 많은 이들은 자신을 미워하고 지탄하여 오히려 눈앞의 상황보다도 더 날카로운 자기혐오로 인해 쉽게 치유하기 어려운 상처를 바로 스스로에게 남기기도 한답니다. 제아무리 많은 사랑을 받고, 다정함을 베풀고, 성실히 하루를 살아간다고 하더라도 때로 우리는 예기치 못한 실수를 하는 법인데 말입니다.

하지만 지금과 같은 상황에서 너무 자신을 몰아세우지는 마세요. 순리대로 흘러갈 때가 있으면, 생각보다 가파른 오르막을 만나기도 하는 것이 삶이니까요. 제가 이전에도 말씀드렸지요? 다만 중요한 것은 때를 아는 것이라고 말입니다. 바로 지금입니다. 지금은 감정적으로 자신을 할퀴고 미워할 때가 아니라, 자신을 용서할 수 있을 만큼의 시간을 할애해줄 때인 것 같습니다. 저는 괜찮습니다. 부디, 자기 자신을 너무 미워하진 마시길. 저는 비록 덫에 걸린 노쇠한 고양이이지만 한 가지 분명한 자부심을 지니고 있답니다.

살아오는 동안 많은 것들에게 사랑을 베풀고자 하였으나, 그중 가장 사랑했던 존재는 바로 사랑을 하는 순간의 나 자신이었지요. 그것은 참으로 어려운 일입니다. 세상을 구원하는 일보다 더욱 어려운 것은 자기 자신에게 다정한 태도를 지니는 것이니까요."

무아행의 말이 왠지 마지막인 듯 아련하게 다가와서 나는 그만 눈물이 났습니다. 나같이 우매한 고양이로서는 소중한 친구에게 해줄 수 있는 것이 없어서 망연자실했지만 나는 내 목에 걸려 있던 영지의 팔찌를 무아행에게 건네주며 말했습니다.

"이것은 우리의 추억이기도 하니까, 당신에게 드리도록 할게요. 영지와 함께 꼭 무아행 당신을 구하러 올게요."

그 말을 들은 무아행은 만족한 듯이 태평하게 자리를 잡더니 기지개를 켜고 졸린 눈을 감았습니다.

"우리가 처음 만난 날처럼 다시 만나는 날도 달이 밝았으면 좋겠군요."
"어째서 그렇게 태연할 수 있지요?"

그러한 중에도 평온함을 견지하고 있는 그 산중의 고양이에게 나는 차마 고양이의 언어로도 표현할 수 없는 경외심 같은 것을 느꼈습니다.

"참 묘하네요. 덫에 걸려 철망이 우리를 가로막고 있지만 그 작은 틈으로 이렇게 소중한 마음이 전해질 수 있다는 게 말입니다. 이제는 제가 여기서 당신을 기다리겠습니다. 오늘은 부디 달이 밝았으면 좋겠군요. 울지 말고 웃어 보시지요. 일일시호일日日是好日입니다."

우리는 작은 틈으로 발바닥을 마주대고는 마치 약속이라도 한 듯이 말했습니다.

"넘어진 자에게 손을 건네듯, 무거운 짐을 더불어 짊어지듯, 길 잃은 자에게 방향을 알려주듯, 어둠 안에서 등불을 밝혀주듯이 제가 그 외로움에 함께하겠습니다."

14.

일일시호일日日是好日. 모든 하루는 날마다 즐겁고 기쁜 날입니다. 친구를 남겨둔 채로 떠나는 마음은 무겁지만 꼭 다시 돌아와 한아름 그 친구에게 달려가 안길 수 있다는 생각에 오늘도 즐겁고 기쁜 날인 것입니다. 걸음을 옮기며 언젠가 무아행에게 들었던 삶에 대한 잠언을 떠올렸습니다.

"때로 우리는 죽음에 대하여 생각하지 않고 살아가고 있지만 이미 죽어 있을 때가 있습니다. 나는 그것이 일생이 주는 허무함이라고 생각하며 평온한 나날을 줄곧 무의미하게 흘려보내기도 했습니다. 삶에 큰 기대와 바람이 없으니, 무거운 상실과 슬픔도 없었던 때가 있었지요. 피로해지면 낮잠을 자고 잠이 오지 않으면 하염없이 거닐었습니다. 괜히 책장에 매달려보기도 하고, 시간표에 따라 빡빡하게 삶을 지탱해나가고 있는 인간들을 비아냥거리기도 했지요. 하지만 나는 지금 생각합니다. 그 죽음이 나를 지탱하는 힘이라는 것을.

살다 보면 우리는 생물학적으로는 살아 있지만 정신적으로는 곧잘 숨이 멎어버리기도 합니다. 그것을 누군가는 방황이라고 하고 또 누군가는 허무함이라고 하고 또 누군가는 밋밋한 타협이라고 말하기도 하더군요. 이제와 어렴풋이 느끼곤 합니다. 삶에 대한 근원적인 공포는 무언가에 대한 두려움이 아니라, 어색할 정도로 매끄러운 의식의 소외라는 것을요. 어느 순간부터 은근히 우리는 자아를 망각하고 잊어버립니다. 그것은 자연스러운 흐름과는 다릅니다. 자연스러울 정도로 편안한 것과 자기 삶에서 서서히 스스로를 소외시키는 일은 전혀 다르니까요. 때로는 다시, 숨을 불어넣기 위해 안간힘을 쓰는 자신을 목격하면서 이렇게까지 해야 할까 망연자실하기도 하지요. 무엇이라도 해보려고 간절히 노력하다가 화가 나기도 할 것입니다. 그러곤 어떤 생산적인 활동을 찾아 배회하다, 거울을 보며 슬픈 얼굴을 짓고 억지로라도 그 주름을 당겨 어색한 미소를 만들어보기도 하겠지요. 마치 복잡한 골목을 쭈욱 당겨 팽팽한 수평선으로 만들어보고자 하는 꼴입니다. 이따금 그런 난해한 상상을 하고 있는 나를 보며 웃음이 터져 나오기도 할 것입니다.

차분히 생각해보십시오. 삶이란 촛불 같은 것입니다. 집착은 일만 년이라도 부족하지만 생명은 그러한 시간에 비하면 아주 잠깐이지요. 그러니 잘 살아가는 일의 총명함이란 죽음에 대해 생각하지 않고서도 이미 죽어 있던 나와 다시 그 어둠 속에서 불을 밝히며 간절한 호흡을 발하는 나의 끊임없는 대화 속에 담겨 있는 것입니다. 껍데기는 늙고 병들고 마음속 자비로움도 시시때때로 퇴락하고 더럽혀질 수 있습니다. 마음까지 얼어붙을 것만 같은 찬 바람이 부는 골목에 서서 내 가슴속 촛불을 꺼뜨리지 않으려고 웅크리고 있는 것도 어찌 보면 집착이랄까요. 거기에 있지 말고 온기가 있는 곳으로 스스로를 이끌고 나아가셔야지요. 그렇게 움직이는 와중에 불은 꺼질 수도 있고 입술이 바짝 말라 가슴이 꽉 막힌 듯 답답해질 수도 있습니다. 하지만 다시 불을 지피세요. 초를 켜고 어둠 앞에 활짝 눈을 뜨고 계속 나를 갈고 닦아보세요. 모든 색과 경계와 배경이 희미해질 때라도. 다만 중요한 것은 때를 알고 묵묵히 나아가는 그 마음입니다."

이 말씀은 스님에게서 무아행에게로 스며들었다가 마침내 내게로까지 흘러왔습니다. 지혜란 것은 어쩌면 육체를 가지지 못한 관념의 형태로 살아 숨 쉴 곳을 필요로 하는 대상에게 스며들어 잠깐 그 빛을 내어주었다가 다시금 어딘가로 흘러가는 속성을 지니고 있는지도 모르겠군요.

나는 난간을 타고 큰 병원의 창을 하나씩 하나씩 들여다보았습니다. 높이는 높아졌고 다리에 힘은 풀렸지만 여기에서 멈출 수는 없었기 때문에 뒤를 돌아보지도 아래를 내려다보지도 않았습니다. 다 지우고 나면 오직 제한된 소망만이 남아 선명해지듯, 나는 조금씩 어지러운 생각들을 잊어버리며 한 걸음 한 걸음 영지에게로 다가서고 있었습니다. 병원 안에는 많은 사람들이 있었습니다. 웃음을 지어 보이는 이들도 있고, 둘러앉아 심각한 얼굴로 대화를 나누는 사람들도 있었습니다. 마치 창문 너머로 보이는 풍경 하나하나가, 텔레비전 속 채널처럼 여겨지기도 했습니다. 나는 리모컨 버튼을 누르듯 폴짝폴짝 난간을 오가며 그 안에 속한 소재 중에서 지금 나의 향수를 가득 메워줄 이야기를 찾는 듯이 일정한 행동을 반복했습니다. 그리고 어떤 장면에서는 병실 속의 애틋한 가족들의 온기가 너무 따스해 보여 가슴속에서 무겁고 깊은 멍에 같은 것이 차오르는 것을 느끼기도 했습니다. 피로가 계속해서 내게 눈을 감으라고 주문하는 것 같았습니다. 탈진을 할 것 같은 어지러움을 느꼈습니다. 하지만 바로 그때 하늘에서 난생처음 보는 감촉이 내게로 와 닿는 것이 아닌가요.

눈이었습니다. 새하얗고 보드라운 물체는 내게 닿자마자 사라져버렸습니다. 나는 그때 눈의 생애란 쌓여서 단단해지기 위함이 아니라, 멀리 외로운 이들에게까지 흩날리기 위해서 존재하는 것이 아닐까 하는 생각을 떠올렸습니다.

텅 비어 더는 무엇도 남아 있지 않다고 느끼는 나에게 눈은 내려앉으며 아직도 나라는 존재가 얼마나 뜨거운 온기를 지니고 있는지 속삭여주는 것 같았습니다. 그 감촉을 온몸으로 느끼며 다시 도약했습니다. 어느새 소복이 쌓여 있는 눈 속에 꾹 발자국을 남기며 마침내 나는 다짐했습니다. 오늘이야말로 고독을 똑바로 바라볼 수 있을 거라고 말입니다.

유난히 노을이 붉게 익어가는 날이었고 제법 많은 눈이 일제히 떨어지는 바람에 지상의 모든 소음들이 잠깐 멎어버린 듯한 순간이었습니다. 커다란 눈송이들은 나비처럼 공기를 굴절시키며 비행했고 균일한 듯 무심히 쏟아지는 그 차가운 감각들은 내 미운 마음을 잠재우며 그간의 어지러웠던 심정에 대해 갸웃갸웃 환한 기운을 덧칠해나갔습니다. 도약할 때마다 창문 밖에서 혼자라고만 느끼던 내 앞에 조금씩 연약한 평화가 찾아왔습니다. 세상의 끝에서 나는 믿을 수 없는 기쁨을 마주하며 투명한 벽을 어슬렁거렸습니다. 나는 기나긴 방황에서 구출되었습니다. 그곳에 영지가 있었습니다. 내 온갖 애정을 꾹꾹 눌러 담아 발 도장을 찍을 만큼 기뻤습니다.

영지는 스님처럼 머리를 깎고 조용히 자리에 앉아 있었

습니다. 어쩌면 고양이 심부전증이 아니라 덕을 쌓고 수행을 하기 위해 이곳에 온 것일까요? 나는 아마도 영지가 스님이 되려는 것 같다고 생각했습니다. 그렇다면 그녀는 내가 아는 가장 사랑스러운 스님일 것입니다. 나는 콧등으로 창문을 톡톡 두드린 뒤 새하얗게 울었습니다.

"있잖아, 영지야. 네가 나의 주지 스님이야. 너를 좋아해……."

15.

"……너를 좋아해. 네가 원하면 오이도 대신 먹어줄 수 있어."

그렇게 말하자 그녀가 고개를 돌려 나를 바라보는 것입니다. 그 눈빛 속에 작은 바다가 고였습니다. 나는 마침내 해변에 안착한 파도처럼 그녀의 품에 안기고 싶었습니다. 그 일렁이는 눈망울이 내게 그렇게 속삭이는 듯했습니다.

'정말이야? 나도 너를 무척이나 좋아해. 내 애교 살을 콕 떼서 선물해줄 만큼.'

나는 안도의 한숨을 내쉬고 다시금 돌아섰습니다. 유리문에는 나의 입김이 부적처럼 그녀를 위해 기도하며 희미해져갈 것입니다. 얼른 무아행에게 이 사실을 알리고 싶어서 나는 다시금 도약했습니다. 발걸음이 아주 가벼워 날아서 그곳까지 갈 수 있을 것 같은 기분이었습니다. 나는 무아행을 만나자마자 말해주려고 했습니다. 내게도 드디어 주지 스님이 생겼다고 말입니다. 분명 그도 그 사실에 기뻐하며 나를 지그시 안아줄 것이라고 생각했습니다.

하지만 화단에 도착했을 때, 거기엔 내가 기대한 것들은 좀처럼 보이지 않았습니다. 텅 비어버려서 덩그러니 그저 길을 잃은 내 그림자만이 가로등 불빛을 따라 길게 이어져 있을 뿐이었습니다. 나는 그가 있던 자리에 가서 냄새를 맡아보았습니다. 희미하지만 여전히 그의 냄새가 남아 있습니다. 이곳이 분명했습니다. 그는 어디로 갔을까요. 고개를 들어 달빛이 비추는 산의 능선을 바라보았습니다. 그 위로 거뭇한 구름이 고양이 형상을 하고 천천히 흘러가고 있었습니다. 무아행은 마침내 깨달음을 얻고 덫에서 벗어나 날아오른 것일까요.

여기에 없는 것들이 마치 닿을 수 있을 만큼 선명하게 다가올 때는 정말 난처합니다. 그것은 '있다'고 말하기에도 '없다'고 말하기에도 불합리한 느낌이기 때문입니다. 그는 어디로 간 것일까요. 한순간 피로가 사라져버린 것을 느꼈습니다. 그것은 개운해졌다는 뜻이 아니라, 무감각해졌다고 하는 게 더 정확한 설명일 것 같습니다. 나는 이 기나긴 허무 속에서 구제받고 싶었습니다. 그리고 이제 내가 향할 곳은 단 한 군데뿐이라고 생각했습니다.

영지는 분명 수행을 마치고 우리의 추억이 스며든 보금자리로 돌아올 것입니다. 그렇다면 내가 할 일은 그곳에서 환하게 그녀를 맞이할 수 있도록 때를 알고 기다리는 것이지요. 나는 집으로 돌아갈 것입니다. 이미 너무 많은 외로움이 이 텅 빈 거리 위에서 헤매도록 내 등을 떠밀었습니다. 하지만 여전히 어쩔 수 없습니다. 이대로 가만 아무것도 하지 않았다가는 나도 오래전 생긴 몸 어딘가의 상처처럼 원인도 이유도 모른 채 희미해져버릴 것만 같았기 때문입니다. 그리하여 나는 계속하여 걸었습니다. 천천히 그러나 계속해서 말입니다.

(…)

사랑의 부재란 나를 둘러싼 모든 세상의 부재입니다. 집으로 돌아가는 길, 달빛 아래에서 잠시 동안 눈을 맞으며 우아하게 춤을 추다 보니 마음이 한결 가벼워짐을 느꼈습니다. 조금 전 마지막 잎을 떨구던 이름 모를 꽃의 한마디를 떠올리며 나는 잠시 멈춰서 주위를 한번 둘러보았습니다.

'내가 누구인지는 무엇을 사랑하고 어떤 것을 기억하는지가 결정해주는 것 같아. 아, 살아 있어서 정말 행복했어. 나를 보듬어주던 손길이 아직 생생해. 나는 살아 있었어. 그 손길을 정말 사랑했던 것 같아.'

역시나 고양이라고 할지라도 온 생애를 전부 또렷하게 기억할 수는 없는 노릇입니다. 우리는 제한된 사고와 기억의 용량을 지니고 있으니, 무언가가 선명해지면 동시에 어떤 부분은 흐릿해지는 것이 자연스러운 이치입니다. 하지만 대체로 내가 기억하는 것은 소중한 것들이었고 잊어버린 것은 혼란스러운 일들이었습니다. 얼마나 다행스러운 일인가요. 아마 전부를 다 기억할 만큼 똑똑한 존재들이었다면 슬픔이 나를 집어삼켜서 언제까지나 질서 정연하게 괴로워했을 것입니다. 그러나 다행스럽게도 세상 모든 존재는 무엇에 관해서든 완벽히 알 수 없지요. 어쩌면 그래서 희망이란 것이 존재하는 것인지도 모릅니다.

희망이란 결국 어떤 새로운 가능성에 대한 바람이 아니라, 이미 우리가 알고 있지만 잊어버렸거나 그 수많은 상실 속에서도 끝내 가슴 안에 품고 있는 조그마한 낱말 같은 것입니다. 대체로 너저분하고 정돈되어 있지 않은 형태로 기이하게 읊어지고 있는 것이 희망입니다. 새삼 그 사실에 감탄하면서 나는 밤하늘에 반짝이는 것들처럼 구태여 이유를 알지 못하고 더듬어보기만 해도 약간의 위로가 되는 것들이 있다는 데에 안도감을 느꼈습니다.

16.

"잘 다녀왔어? 한참이나 기다렸어."

그 울음소리를 듣자 이상하게 눈물이 났습니다. 누군가 나를 반겨주는 기분은 참으로 오랜만이었기 때문일까요.

"덕분에 잘 다녀왔어요. 꼬리가 왜 그렇죠?"

"별것 아니야. 아지트가 무너져 내렸어. 이제 새로운 보금자리를 찾아 떠나기 전에 마지막 인사를 하러 왔어."

어두운 골목에서 길을 여는 바람이 마지막 인사를 하기 위해 나를 기다리고 있었습니다.

"어디로 갈 건데요?"

"음, 글쎄? 정해진 것은 없어 마땅한 곳이 나올 때까지 걸어봐야만 하겠지."

나는 그의 꼬리에 난 상처를 계속해서 응시했습니다. 상처는 그리 가볍지만은 않은 듯했습니다.

"제법 깊은 상처로 보이는데 건강을 되찾고 나서 떠나는 건 어때요?"
"혹시 이거 기억나?"

그는 앞발을 들어 작은 동전 모양의 땜통을 가리키며 말했습니다.

"그게 무엇이죠?"
"아주 어렸을 때 너랑 장난치다가 못에 긁힌 상처야."
"그랬단 말이에요? 으악, 미안하게 됐군요."

나는 오래된 상처를 핥아주었습니다.

"아니아니, 사과를 받으려고 한 말이 아니야. 이상하게 이 상처를 볼 때마다 엄마랑 네가 생각난단 말이지. 이미 다 아문 상처가 가끔 시큰거리는 느낌을 받은 적 있어? 오래 떠돌이 길고양이로 지내다 보니 문득 나는 무엇인가, 나는 누구인가 뭐 그런 시답지 않은 생각이 들 때가 있어. 쥐를 사냥하고 인간들이 먹다 버린 쓰레기를 뒤지고 그것으로 허기를 채우고 매번 새 아지트를 찾아 떠나지만 그런 나는 무엇일까. 어째서 이런 수고를 해야만 살아갈 수 있는 것일까, 뭐 그런 생각 같은 거 말이야. 그런데 그때 이 상처를 보면 어릴 적 엄마 젖을 빨고, 발톱 꺼내는 법을 배우고, 꼬리로 균형을 잡는 자세를 익히던 기억들이 떠오른단 말이지. 그렇게 지난 일들을 떠올리다 보면 어느새 나는 뭔가 싫은 고민거리는 지나가버리고 없더란 말이야. 그러니까 무슨 이야기를 하려고 그런 거였더라…… 나는 하여튼 말주변이 없나 봐.

아 그래. 때로 상처가 적당히 치유되고 나면 어쩐지 그 시간을 지나온 내가 고맙게 여겨질 때가 있어. 이 꼬리에 난 상처도 분명 그럴 거라고 생각해. 그리고 이 상처가 아문 뒤에도 괜히 가렵고 마음이 산들거리기도 할 거야. 자연히 나는 여기 골목에서 너를 다시 만난 일과 우리가 오늘 함께 눈을 맞은 일에 대해서 떠올리게 되겠지. 그럼 또 고단함에 젖어서 나는 무엇일까, 깊은 상념에 빠져 있는 기분도 곧잘 지나가곤 할 거야. 보름달 아래 귓속말아, 형으로서 해줄 말이란 고작 이런 두서없는 이야기가 전부구나. 건강하게 잘 지내렴. 분명 충분한 사랑을 받고 보살핌을 받으며 살아가는 너라고 할지라도 때때로 상처를 입겠지. 하지만 살아가다 새겨진 상처를 스스로가 연약한 탓에 얻은 짐이라고 생각하면 곤란해. 그 안에는 고통뿐만 아니라, 네 삶에 대한 아주 생생한 애정들이 포함돼 있거든."

나는 가슴속에서 알 수 없는 감동을 느꼈습니다. 오래 떨어져 지냈지만 그와 내가 이제 어디에서든 서로를 응원하는 어엿한 고양이 형제로 자라난 것 같아 뿌듯했습니다. 마타타비에 취해 혀를 내밀고 코를 골기만 하던 제멋대로의 고양이인 줄로만 알았는데, 그에게도 이렇게 어엿한 성인 고양이로서의 면모가 있다는 것이 놀랍기도 했습니다. 나는 합장을 해서 그의 안녕과 평온을 염원했습니다.

"그리고 또 너를 기다리는 누군가가 있어. 저기!"

담벼락 위에서는 마치 불상과도 같은 형상이 달빛을 받아 은은하게 빛나고 있었습니다. 쫑긋한 귀, 매끄러운 허리, 튼실한 나뭇가지처럼 곧으면서도 때때로 유연하게 하늘거리는 꼬리까지, 그곳에는 가부좌를 틀고 앉아 조용히 참선을 하는 고매한 한 마리의 고양이가 있었습니다. 틀림없이 그는 무아행이었습니다. 조심스레 내가 가까이 다가서니 그는 천천히 감은 눈을 떴습니다. 그때 그 눈 속에는 밤하늘에 모든 별빛이 쏟아져 내린 듯한 반짝임이 담겨 있었습니다.

"저기 밤하늘 너머의 우주가 계속해서 넓어지는 이유를 알고 계시나요?"

"글쎄요. 나는 잘 모르겠어요."

"문득 그런 생각이 들었습니다. 우주가 끝없이 팽창하는 이유는 이 세계의 모서리란 모서리는 다 안아주기 위함이 아닐까. 너무 큰 외로움에 사로잡혀 쓸쓸해하지 않도록 어떻게든 그것은 어둠 속에 반짝이는 빛으로 모든 곳, 모든 시간, 모든 존재를 자신의 중심으로 끌어안으려는 듯합니다."

나는 무아행이 하는 이야기를 정확히 이해할 수는 없었지만 어쩐지 그의 모습이 무탈해 보여서 그것으로도 충분히 만족스러웠습니다.

"주지 스님은 가끔 저 별들에 대한 이야기를 해주었어요."

"저기 반짝이는 것들 말인가요?"

"네. 저 별들은 긴 시간 어둠 속에서 반짝이다가 생명이 다하는 순간 폭발하면서 우주의 저편으로 자신이 지니고 있던 에너지들을 날려 보낸다고 해요. 그 힘으로 우주는 넓어지고 또 하나의 별이 탄생하고 다시 밤하늘의 어둠 속에서 반짝이는 빛이 떠오르는 것이지요."

"밤하늘 어둠 속에서 반짝이는 빛. 반짝이는 빛."

나는 빛이라는 단어가 끝날 때 느껴지는 혓바닥의 감촉이 좋아서 한 번 더 그것을 발음해보았습니다.

"완전히 소멸되는 것은 없는 것 같습니다. 소멸되는 별은 자신의 모든 에너지를 온 우주로 흩뿌려놓지요. 그 강렬한 먼지와 빛 그리고 파장이 뒤엉키며 마침내 새로운 별과 생명이 탄생한답니다. 저기 반짝이는 밤하늘의 별들도 결국 우리와 같은 고향에서 온 것이지요. 외로울 때 문득 밤하늘을 올려다보는 이유는 우리가 저 어둠 속을 지나온 빛이기 때문은 아닐까 하는 생각이 들어요. 우리의 기원은 무엇일까요. 태초의 생명이 어떤 어둠 속을 지나왔는지 우리는 알지 못하고, 호흡이 끝나 다시 자연으로 돌아갈 때 어떤 곳으로 향하는지 알지 못하지요. 하지만 분명한 것은 우리가 그 긴 어둠을 지나온 우주의 빛이고 원소라는 사실입니다. 그리고 우리는 눈을 감으며 다시금 이 우주의 외로운 모서리를 향해 날아오르는 희망이 되지요. 그것이 인연이라는 것입니다."

인연이라는 단어 속에는 억겁의 시간이 새까만 우주를 지나며 떠올린 그리움이 담겨 있나 봅니다. 나는 영지를 처음 만나 그녀만의 두근거리는 소리를 들으며 조금씩 사랑을 할 줄 아는 고양이로 자라왔던 것 같습니다. 그녀는 지금 수행에 임하기 위하여 잠시 내 곁을 떠났지만 우리는 영영 멀어진 것이 아닙니다. 밤하늘에 깊이 내려앉은 어둠과 그 안에 반짝이는 별빛이 그것을 증명하고 있습니다. 끝은 없습니다. 모든 것이 그러한 인연의 고리에서 반짝일 뿐입니다. 나는 그런 생각이 들었습니다.

"무아행! 어떻게 된 일이에요?"

"당신과 영지 덕분에 이렇게 무사한 것 아니겠습니까. 고맙군요."

"그게 무슨 말씀인지요?"

"목에 이 반짝이는 부적을 걸고 있으니 사람들이 저를 길들여진 고양이라고 분명 인식한 것 같았습니다. 어딘가로 데려가야 하나, 주인을 찾아주어야 하나 수군거리는 소리를 들었지요. 저는 그때에도 평온히 앉아서 외부의 소음들은 다 잊고 오로지 제 마음에만 집중을 하였답니다. 그랬더니 글쎄 저를 두고 인간들이 이래야 한다, 저래야 한다며 되레 서로 다툼을 하는 것이 아닌가요? 자기들 마음도 하나 다스리지 못하는 존재들이 다른 생명의 삶에 이래라저래라 간섭을 하는 꼴이 조금 우습기도 했습니다만, 사람들이 서로 언쟁을 벌이는 사이 저는 냉큼 그 품에서 벗어나 줄행랑을 쳤지요."

나는 무아행을 안고 엉엉 울었습니다. 그리고 영지에 대한 이야기를 해주었습니다.

"무아행! 영지가 머리를 밀고 수행을 하고 있었어요!"

"음…… 그런가요?"

"네! 내가 봤어요. 그리고 영지는 가장 사랑스러운 수행자이니 내게는 주지 스님이에요! 나에게도 주지 스님이 생겼어요!"

17.

"그 어떤 상실도 우리를 무너뜨릴 수 없을 것만 같은 밤이군요."

무아행의 말을 어렴풋이 이해하면서 나는 조용히 합장을 하고 고개를 숙였습니다.

"그녀가 수행을 마치고 돌아올 때까지 나는 보금자리에서 가만 온순한 봄을 기다릴 거예요."
"그렇군요. 언제나 당신이 머무는 자리에 지혜와 은덕이 함께이기를 고대하겠습니다. 미미, 당신과 영지 씨의 이야기를 들으면 어린 시절 주지 스님과의 추억이 새록새록 떠오릅니다. 덕분에 이렇게 또 추억을 나눌 수 있어 기쁘네요."

그 말과 함께 무아행은 자신의 목에서 영지의 팔찌를 꺼내어 내게 걸어주었습니다. 작고 반짝이는 사물이 끈에 주렁주렁 매달려 있네요. 우리는 우주의 긴긴밤을 지나 이 작은 틈으로 꿰어진 인연. 나는 이제 알고 있습니다. 누군가를 떠올리기만 해도 절로 마음의 평화가 찾아오는 기분에 대해서 말이지요. 우리들은 서로의 구원입니다.

"이제 당신은 어디로 갈 거죠, 무아행?"

"길을 여는 바람과 함께 새로운 보금자리를 찾으며 선을 행하려고 합니다."

"떠나시는군요. 덕분에 정말로 감사했습니다."

"미미, 삶이라는 것은 자기만의 선을 찾아가는 과정이랍니다. 일종의 담벼락 위에서 하는 균형 잡기와도 같지요. 균형을 유지해나가는 비결은 고양이마다 그리고 사람마다 조금씩은 다를 것입니다. 그러니 다른 이들이 때로 어떤 것이 정답이라고 너스레를 부리더라도 너무 겸연쩍어하지 마시고 당신만의 보폭으로 걸음을 옮기시길 바랍니다. 비스듬한 길을 걷더라도 늘 마음을 비우고 정작 중요한 것이 무엇인지, 마음속 거울에 비춰보기를 바랍니다. 언제 어디서나 이미 당신 안에 선이 있고 균형이 있고 평화가 있다는 사실을 기억하시길."

우리는 냐옹 하고 울며 포옹을 했습니다. 그들은 골목으로 유유히 사라졌고 나도 걸음을 옮겨 오래된 기억 속의 평화를 향해 묵묵히 나아갔지요. 내가 집으로 돌아와 처음 마주한 것은 작은 인간이 힘겹게 자신의 몸을 뒤집는 장면이었습니다. 그 작은 인간의 피부에 자라난 보송한

솜털이 가늘게 떨리고 있더군요. 나는 작게 열린 창틈 사이를 유연하게 비집고 들어갔습니다. 소파에서 오랜만에 몸을 누이니 그간의 피로가 한꺼번에 밀려들며 눈꺼풀을 우직하게 끌어당겼습니다.

조용한 거실에서 그 와중에 이토록 작은 인간의 아이가 힘겹게 몸을 뒤집고 있습니다. 모두가 잠든 시각 누구도 바라봐주지 않은 고요한 이불 위에서 그 작은 존재가 삶에 대한 강렬한 포부를 밝히고 있는 것입니다. 숨이 가빠질 정도로 힘겨워 보입니다. 몸은 뒤집었지만 한쪽 손이 자기 배 아래에 깔려서 아직 완전히 자세를 가누기가 어렵다고 느껴지네요. 어떻게든 해보려고 하지만 마음먹은 대로 마냥 잘 되고 있는 것 같지는 않습니다. 아이가 헥헥대며 바둥거리네요. 큰 파도에 맞서 가라앉지 않기 위해 간절히 힘을 쏟아붓는 바다 위 외로운 배 한 척 같습니다.

나는 슬쩍 다가가 눌려 있는 팔을 당겨 어린 인간의 뒤집기를 도와주었습니다. 그랬더니 아직 이도 나지 않은 아이가 중얼거리더군요.

"냐, 냐아아, 옹이."

그것은 아이에게 엄마라는 말보다 먼저 세상 밖으로 내던져진 단어일 것입니다. 괜한 책임감을 느끼고 있는 내가 몹시 불쾌하여 아이의 이마를 툭 치고는 내 자리로 돌아왔습니다. 그 괜한 심술이 나의 다정함입니다. 마침내 이 아이가 직립보행을 할 수 있게 되면 영지도 돌아와서 가족들이 화목하게 그 균형 잡힌 자태를 축하해주는 날이 올까요. 나는 첫 걸음마를 떼는 아이를 바라보는 눈빛으로 오래도록 이곳에서 사랑받고 싶어졌습니다. 동시에 오늘부터 이 아이에게 제대로 된 균형 잡기를 알려주고 싶다는 생각이 들기도 했습니다. 그래야만 이 작은 존재가 외로운 세상에서 홀로 빛을 향해 묵묵히 걸어나갈 수 있을 테니까요.

아이는 이불을 세차게 밀어내며 허공을 헤엄쳤습니다. 그 모습을 보고 있자니 별안간 이 인간이 감기에 걸리진 않을까 싶은 걱정이 들었습니다. 나는 수고롭게도 다시 뛰어올라 그 곁에 자리를 잡았습니다. 그리고 내내 그리워했던 삶의 온기를 느껴보았습니다. 때로 물끄러미 바라보고 있으면 그냥 곁에서 닿아 있고 싶은 대상이 있지요. 누구에게나 그렇듯 체온이란 느닷없이 그리워지는 법입니다. 적당한 온기를 나누고 있으니 이것이 행복이 아닌가 하는 마음이 듭니다. 삶의 온기가 이 정도라면 나는 언제까지나 적당하고 행복한 고양이일 테지요.

가슴 안에서 불어오는 어떤 허무나 갈증 같은 것들은 아마도 이러한 온기의 부재로 인해 등장하는 바람이 아닐까요. 때마침 졸린 눈을 비비며 영지의 어미가 거실로 나왔습니다. 그러곤 열린 창문을 닫고 잠깐 눈이 내린 새하얀 밤의 영역을 바라보네요. 그녀는 지금 무슨 생각을 하고 있을까요. 아마 그녀도 주지 스님을 기다리며 자기만의 규형을 알아가는 중일 겁니다. 나는 반쯤 감긴 눈으로 그 모습을 바라보았습니다. 영지의 어미는 우리를 보더니 생긋 웃어 보이며 조심스레 옆으로 몸을 누였습니다. 안방에서는 코 고는 소리가 새어 나옵니다. 창밖에 불어오던 겨울바람이 수그러들고 한 꺼풀의 온기가 더해지며 잠깐의 봄이 이곳에 내려온 것 같습니다. 창밖의 눈처럼 아침이 오면 이 봄도 자연히 녹아 일상의 소음으로 흩어져 버릴 테지요. 이 평화는 불온전합니다. 영원하지 않습니다. 그러나 우리의 검은 눈 속에서 이 순간은 우주 저편으로 쏘아 올린 빛의 파장이 될 것입니다. 외로움을 투과하고 끝을 소멸시키며 경계를 열고 가슴을 열어젖혀 언제까지나 이 적당한 온기에 대하여 기억할 것입니다.

그녀는 아직 오지 않았지만 그 어떤 상실도 우리를 무너뜨릴 수 없는 밤입니다. 우리는 가족이니까요. 나는 자세를 바꿔 영지 어미의 이마 위로 턱을 괴었습니다. 그 괜한 심술이 나의 다정함이니까요.

18.

낙원이라는 게 있을까요? 그럼요. 졸린 눈으로 무심히 기댄 사랑하는 이의 품. 바로 그곳이 낙원입니다. 가끔 이 시간이 몹시 덧없을 정도로 허무하다고 느껴지는 순간들이 있지요. 그렇다면 너무 당연하게 받아들여지고 있는 것들이 왜 그런지에 대해서 꼼꼼하게 다시 생각해보아야 할 것입니다.

나는 느지막이 일어나 오후의 햇살이 스며들어오고 있는 우리의 보금자리를 바라보았습니다. 벽과 문틀, 책장과 베갯잇, 의자 바퀴와 오래된 벽지, 곳곳의 공간들이 자신의 상처에 추억을 고이 감싸 안고 있습니다. 공간에는 일상의 고단함과 함께 그곳에 머문 사람들의 따스함도 함께 담겨 있지요. 작은 홈 하나하나에 가족들과 함께 주고받은 장난과 웃음소리가 스며 있는 듯합니다. 저기 소파 뒤 작은 틈에는 내가 남긴 발톱 자국들도 있네요. 그 상처 속에 내 삶에 대한 아주 생생한 애정들이 스며 있음을 느낄 수가 있습니다. 이토록 소중한 보금자리가 바로 집이라는 공간이지요. 어쩌면 집이라고 하는 공간은 관념의 형태로 우리들 가슴 안에 언제 어디서든 머물고 있는 듯합니다.

그곳을 떠올리면 괜히 사랑받는 기분이 들지요. 지친 몸을 누이고 이 피로를 그 공간에 대한 향수로 덮어씌운 채 위로받고 싶어집니다.

역시나 나는 그녀를 떠올리고 있습니다. 이 집에서 영지의 손가락을 곧잘 깨물고 발목을 할퀴기도 했지만 그것은 그녀를 아프게 하기 위함은 아니었습니다. 오히려 그 반대입니다. 어쩌다 우리가 의도치 않게 소중한 이에게 상처를 주기도 할 때, 그것은 공교롭게도 자신의 상처를 드러내기 위함은 아닌가 하는 생각마저 들 따름입니다. 나는 스스로를 고상한 한 마리의 고양이라고 생각했기 때문에 쉽게 내 안의 허무나 외로움에 대하여 드러내는 것이 두려웠습니다만, 실은 언제나 사랑하는 대상을 찾아 헤매고 있었던 것 같습니다. 그것은 나의 바보 같은 면이기도 합니다. 자기애가 강하다고 해서 자신에 대한 근심이 없는 것은 아니지요. 나를 사랑하는 만큼 때때로 내가 한심하게 다가오기도 합니다. 그래서일까요. 순수한 사랑을 꿈꾸면서도 쉬이 그 마음을 받아들이지 못하는 일은 고독하기만 한 것 같습니다. 그럼에도 꼭 한번 내가 언제나 바라보고 있는 누군가에게 그 마음을 드러낼 수 있다는 것, 슬픔과 고단함을 내지르며 자신의 가장 누추한 면을 드러냄으로써 허구를 씻어낸 진정한 자신의 모습과 대면할 수 있다는 것은 얼마나 아름다운 일인가요.

오늘은 내 생에 가장 기쁜 날입니다. 누군가를 사랑하고 있다는 기분에 대하여 여실히 경험하고 있으니까요. 그러한 나 자신이 실로 자랑스럽게 다가옵니다. 이 거대한 우주 속에서 우리가 서로를 알아보는 것만큼 놀라운 기적이 있을까요. 나는 언제까지나 그녀의 고양이일 것입니다. 길들여졌기 때문은 아닙니다. 다만, 사랑을 하고 있을 뿐이지요. 영지의 방으로 들어서니 한쪽 벽면에 새겨진 선명한 줄들이 보입니다. 그것은 그녀가 아주 어렸을 적부터 조금씩 키가 자라날 때마다 그어둔 성장의 기록입니다.

이 방에서 우리가 함께했던 순간이 언제나 즐거웠던 것은 아닙니다. 하지만 그래서 더 좋았습니다. 우리 삶에 웃음소리만이 아니라, 간간이 함께 울기도 하는 연약함이 깃들어 있어서 좋았습니다. 마냥 현명하지 않고 적어도 이 공간에서만큼은 창피함을 무릅쓰고 바보 같은 말과 생각을 꿈꿀 수 있어서 기뻤습니다. 우리는 완벽하지 않고 투명해서 좋았습니다. 꾸밈이 없어서 좋았습니다. 침대 위에서 천장을 바라보니 언젠가 그녀가 붙여둔 형광 별들이 대낮의 숨결 뒤로 숨어서 눈을 끔뻑대고 있군요. 나는 지금 그녀가 허공에 걸어둔 우주 아래에 있습니다. 몹시 보고 싶지만, 당장에 함께일 수 없다는 사실이 우리들의 잘못만은 아니란 것을 알고 있습니다. 본래 세상의 일이라는 것이 노력이나 성실함과는 관계없이 어긋나버리기도 하고, 먼 길로 빙 둘러 올 수밖에 없는 때가 더러 있기도 하기 때문입니다.

다만 중요한 것은 때를 알고 기다리는 것이겠지요. 그녀가 저기 두텁게 닫힌 문을 열어젖히고 내 이름을 부르는 날이 온다면, 좋아하는 마음 같은 건 전부 다 줘버려도 좋을 심정으로 와락 안겨 울어버릴 것입니다. 그런 꿈과 희망이란 것이 아주 작은 확률의 허약한 가설이라고 할지라도 좋습니다. 나는 그러한 희망을 품고 있는 이들을 바보 같다고 생각하지 않으니까요. 되레 근사하다고 생각하고 있습니다. 기다리는 자, 꿈꾸는 자는 근사합니다. 그것은 교묘하게 꿰어진 긍정의 의식과는 분명 다릅니다. 그토록 간절한 것들이 실은 참 번거롭고 허무한 과정들의 연속이며 과정 속에 있다는 것을 인정할 뿐이지요.

나의 소망은 간단합니다. 그것은 나의 성장을 어엿하게 관찰해나가겠다는 의지와 마주 닿아 있습니다. 삶이 하나의 거대한 벽이라면 거기에 사랑이라고 불리는 맑은 줄 하나를 그어놓을 것입니다. 내일은 어제보다 조금 더 성숙해진 내 마음에 선명한 밑줄이 그어지겠지요. 언젠가 글씨를 배우게 된다면 그 아래 조그맣게 적어둘 것입니다. '여전히 수행 중'이라고 말입니다. 산다는 건 날마다 허무하고 날마다 사랑스러운 일입니다. 무용함과 애틋함 그 혼란스러운 시간들과 나는 언제나 관계를 맺어가고 있는 것이지요. 우리는 날마다 상처를 겪고 매일 조금씩 치유되고 있습니다. 텅 빈 방 안에 들어서는 노을의 안부처럼, 이별하며 다시 만날 일을 꿈꾸는 존재들처럼, 완벽하지 않고 불온한 행복들이 차마 저항하기 어려운 외로움을 선사할 때에도 나는 그 안에서 예쁜 단어들을 골라내어 외로운 낱말 옆으로 짝지어줄 것입니다. 세상에는 이러한 삶의 방식도 있는 것입니다. 어쩌면 아주 단순한 사실입니다. 그리움은 함께일 때보다 서로를 더욱 자세히 마주볼 수 있도록 하지요. 마찬가지로 세상에는 시간이 지나도 마지막까지 소멸되지 않고 남아 있는 것들이 있습니다. 한때의 고독, 언젠가의 추억과도 같은 것들 말입니다. 마침내 그 고독이 낭만에 대한 오마주가 될 때 나는 고스란히 이 삶의 주체가 되겠지요. 나를 바라보는 그녀의 눈동자 속에서 나는 영원한 숨결이 될 것입니다. 냐옹.

날마다 허무하고 날마다 사랑스럽습니다. 살아가는 일이란.

작업노트

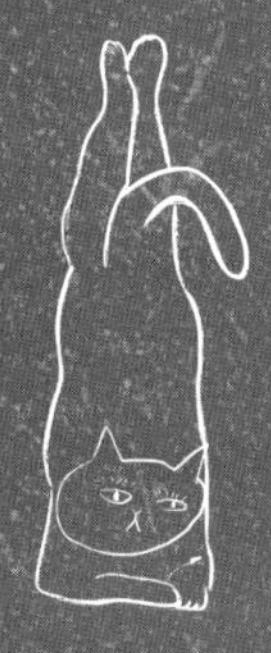

이 소설의 첫 문장들을 이어보면 다음과 같습니다

오늘이야말로 고독을 똑바로 바라볼 수 있을 듯합니다. 첫 만남은 그리 특별할 것도 없었습니다. 모든 상실은 반드시 어떤 향기를 남겨두는 방식으로 구성되는 듯합니다. 운다는 것은 때로 자기 자신을 두드리는 마음의 빗소리일까요. 짐작하건대 마음에도 없는 말을 하는 것은 정성을 다하는 일과는 다른 것입니다. 오늘이라도 자신의 균열을 깨닫기에는 늦지 않았습니다. 나는 아주 미세한 떨림 속에서 생의 이치를 깨닫기도 했습니다. 의식의 흐름으로 기억하건대 그 순간에 나는 잠깐 죽어버린 듯했습니다. 하지만 사랑하게 된다면 다른 것들은 다 제쳐놓고 제멋대로 사랑해버리세요. 우리는 무엇으로 이어져 있을까요? 이 외로움을 어찌해야 할까요. 자, 이제부터 하나둘 지워가는 겁니다. 새벽은 도약하는 일과 잠을 청하는 일 그 모든 게 알맞은 시간입니다. 일일시호일日日是好日. 모든 하루는 날마다 즐겁고 기쁜 날입니다. 너를 좋아해. 네가 원하면 오이도 대신 먹어줄 수 있어. 잘 다녀왔어? 한참이나 기다렸어. 그 어떤 상실도 우리를 무너뜨릴 수 없을 것만 같은 밤이군요. 낙원이라는 게 있을까요?

그 모든 시작들이 다음으로 귀결되지요.

날마다 허무하고 날마다 사랑스럽습니다. 살아가는 일이란.

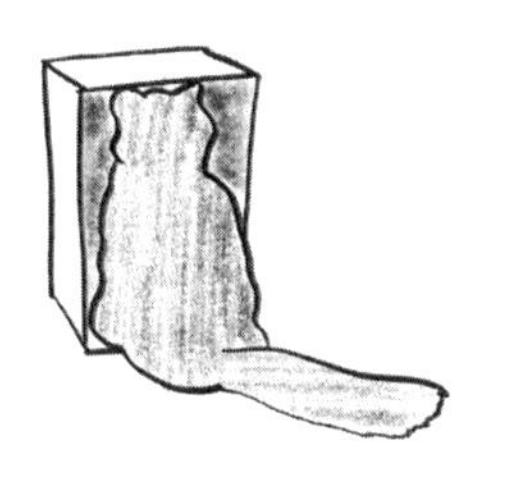

나도 혹 고양이인가?

선택의 순간마다 더 좋은 것이 아니라, 더 후회하지 않을 것 같은 방향으로 내 삶의 걸음을 옮겨왔다. 그럼에도 불구하고 어떤 경우에는 후회하는 감정으로부터 자유로울 수 없을 때가 있다. 시간이 흐르고, 기준이 달라지고, 나이에 따라 내가 삶을 바라보는 태도도 달라질 수 있기 때문이다. 하지만 그럴 때마다 괜찮다고, 내가 내린 선택이니 꼭 이 삶은 정당해야 한다고 그 기분을 억지로 막아서는 것은 옳지 않다. 하루에도 몇 번씩 좋았던 기분이 별것 아닌 이유로 어지러워지기도 하니까. 어쩌면 자연스러운 것이라고 받아들이는 편이 수월한 길일 수도 있겠다. 어쨌거나 좋았다고 생각하던 무엇이 별안간 미워지기도 하는 일은 자연스러운 것이다. 고양이라면 하루에도 여러 번 느끼는 감정일지도 모르지. 그러한 생각이 나를 휘감아 돌 때마다 나는 혹 고양이인가? 라며 웃어넘기는 것도 즐겁게 사는 하나의 방법이겠거니, 생각할 따름이다.

고독이 낭만에 대한 오마주가 될 때

행복이란 무엇인가. 그것은 잔잔한 것이다. 행복이란 무엇인가. 그것은 다음을 기대해볼 수 있는 것이다. 행복이란 무엇인가. 그것은 불안하지 않아도 되는 나약함이다. 행복이란 무엇인가. 그것은 사랑한다고 말할 수 있는 용기다. 행복이란 무엇인가. 그것은 완벽한 것이 아니라, 온전한 것에 대한 지향이다. 무엇이 행복인가. 그것은 성실한 노동의 대가 뒤로 다가오는 포근한 단잠 같은 것이다. 자세히 보면 무엇도 시시한 것은 없다는 것을 아는 것이 또한 행복이다. 행복이란 무엇인가. 기댈 곳이 있는 삶이다. 사랑할 대상이 있다는 것 또한 행복이다. 행복은 사랑의 나아가는 방향이다. 그리움 또한 행복이다. 기억 속에 잠깐 생각이 쉬어갈 틈이 있다는 것 역시도 행복이다. 그렇다면 고독은 행복이다. 외롭고 쓸쓸한 것이 아니라, 부드럽고 촘촘히 나를 끌어안는 방법에 대해 연구하는 일이 고독해지는 일이다.

무아행의 호기심

"스님 혹시 108배를 할 때 그런 경험이 있으신가요?"

"무슨 경험?"

"56, 57, 그리고 58이 아니라, 바로 60으로 간다든지……."

"어째서 그런 생각을 하는 거니?"

"매일 기도를 올리는데 하루쯤은 쉽게 가고픈 마음이 들지 않을까 싶어서요."

"뭐 그런 날도 있었으려나?"

"미지근한 반응이군요."

"숫자를 헤아리는 게 오히려 편의를 위한 것이니까. 집착하지 않으려고 기도를 하는데 숫자에 집착해서 무얼 하겠니. 인생은 때로 조금 너그럽게 바라보아도 괜찮은 거란다. 우리는 작은 존재야. 모든 걸 완벽하게 이행할 수 있다면 간절할 의미가 사라지지 않겠니? 때로는 관대해져도 좋아. 그렇다고 진심이 희석되지는 않는단다. 그러니 가끔은 56, 57, 그다음이 60이어도 문제될 것은 없어."

멀어지지 말자

멀어지지 말자, 때로 그 속에는 가까워지고 싶다는 고백으로는 전부 설명할 수 없는 사랑스러움이 담겨 있다. 우리는 때때로 하고자 하는 말을 역설로 표현한다. 가까워지고 싶을 때, 멀어지지 말자고 속삭이듯이.

아무리 솔직할지라도 언어의 한계에서 자유롭지 못한 존재가 사람이다. 아마도 종종 독백처럼 바라보기도 하고, 괄호 안에 있으면서도 다 헤아려주기를 바라기도 하는 것이 마음이다. 그것은 타당하다거나 옳지 않은 것으로 분류될 수 없는 일이다.

사랑은 타당함을 가리는 것이 아니다. 때로 서로 실망하고 자기만의 외로움 속에 갇혀버리다가도 문득 발걸음을 돌려 다시 당신을 두드려볼 수도 있는 것이 마음의 일이다. 꼭 얼마간의 시간이 흘러서야 멀어지지 말자던 그 말이 단순히 거리에 관한 표현이 아님을 깨달을 수도 있겠다.

어쩌면 그것은 질서에 관한 고백이 아닐까. 어떤 서운함은 당신이 나를 바라봐줄 때 비로소 열리는 세계의 문이기도 하다. 당신이 없다면 그 서운함 또한 없었을 것이다. 멀어지지 말자, 그렇게 말하며 서로를 열어젖힐 때 우리는 비로소 각자의 영역에 당도하는 최초의 인간일 것이다.

우리는 때때로 하고자 하는 말을 역으로 표현한다. 가까워지고 싶을 때, 그저 멀어지지 말자고 마음을 동동 구르듯이.

소설을 쓰다가 문득,
나의 조카 연재에게

작은 인간, 오늘 인생의 첫 뒤집기를 성공한 걸 축하한다. 하지만 삼촌은 그 뒤집기보다 뒤집지 못하고 엉엉 울고 떼를 쓰던 모습이 더 기억에 남을 것 같구나. 소금씩 더 성장을 하고, 세상으로 나아가 어엿한 한 명의 구성원으로 살아가다 보면 아마 많은 시간들이 그렇게 성공보다는 어렵고 어색한 것들로 이루어져 있단 것도 알게 되겠지.

하지만 자연스러운 거란다, 아가야. 처음은 다 잘하고 싶어도 그렇게 실수를 하기 마련인 거지. 어찌 보면 삶이란 그렇게 긴 시간 이어져온 실수들의 합이 아닌가 하는 생각마저 들 정도란다. 그치만 또한 그것으로 끝이 아님을 항상 잊지 않는 어른이 되었으면 좋겠구나.

한 명의 인간으로서는 상황 그 자체에 대해 옳고 그름을 감히 판가름하기 어려운 순간들도 더러 있단다. 그러니 일단은 할 수 있는 것들에 집중하면서 조금씩 나를 일으켜 세우며 정진해보는 거야. 삼촌은 그러한 삶을 따르려고 열심히 오늘도 글을 쓰고 있단다.

삼촌은 삶의 많은 순간들 속에서 차마 스스로에겐 다정하지 못하고 너무 자신을 탓하며 몰아세우며 외로움에 허덕이기도 했단다. 그럼에도 내가 아직 행복하다고 말할 수 있는 이유는 사랑에 대해서만큼은 자신에게 당당할 수 있어서라고 생각해. 아가야, 사랑하는 것들이 때로는 너를 참 많이 아프게 하고 외롭게 만들 거란다.

하지만 자연스러운 거야. 기억하렴, 그 사랑이 너를 살게 하고, 숨 쉬게 하고, 또다시 걷게 한다는 것을. 오늘 네가 첫 뒤집기를 마치고 새근새근 웃었을 때, 우리 가족은 우주의 진리보다 오직 너의 미소로 인해 많은 것을 느끼고 반성했단다. 그것은 네가 우리에게 무언가를 진정 사랑한다는 게 어떤 의미인지, 새삼 가르쳐주었기 때문이지. 너를 사랑하기 때문에 느낄 수 있는 감정들이었단다. 맞아. 사랑은 우리의 세상을 넓혀주고 보지 못했던 것을 보게 만들어.

아이야, 조금씩 배워갈수록 타인을 이해하는 마음 또한 함께 넓혀가는 법도 알아가면 좋겠구나. 그리고 결국엔 너라는 사람에 대해서도 깊이 탐구하여 진심으로 스스로가 행복한 삶을 살아가기를 바란다. 좋은 꿈을 꾸렴, 우리에겐 네가 좋은 꿈이란다.

늘 너를 응원하는 삼촌이.

진심을 전해야 할 때

진심을 전해야 할 때는 문장의 간결함이 아닌 이해의 명료함에 집중할 것. 만져지는 물체가 아니라, 형체가 없어도 마음으로 다가설 수 있는 용기가 따랐으면. 어쩌면 나답지 않았던 게 아니라, 익숙하지 않고 경험이 많지 않아서 조금 어색한 것뿐이야.

천천히 천천히 그리고 또 천천히
아무튼 자연스럽게가 중요하겠지.

시시해도 좋겠어

조금 시시해져도 좋겠어. 다른 소리들은 잠깐 밀어두고 두려운 것들은 다 잊어버리고 잠깐 누워서 멍하니 있어도 돼. 나만 생각해도 좋을 거야. 정리되지 않은 사물들 그 시간들, 제멋대로 놓인 내가 어쩔 수 없는 그 많은 무언가들 당장 어떻게 하려고 한꺼번에 짊어지지 않아도 될 거야.

오늘은 아무것도 가여울 것 없는 내가 되어보는 것도 좋겠어. 누구도 기다리지 않는 나로 살아보는 것도 좋을 거야. 사랑을 몰라도 아쉬울 것 없는 곳이 있다면 조금 더 어리석어도 좋을 거야. 졸면서 몇 정거장은 지나쳐도 괜찮을 거야. 이대로 악수를 나누며 헤어져도 좋을 날이야.

그리 멀지 않을 곳에서 날이 저물어가는 걸 보며 내려놓아도 좋겠어. 이 마음 시들어도 나쁘지 않을 거야. 시시해도 괜찮을 거야. 가여워하지 않을 거야. 꿈속으로 안주할 거야. 지나칠 거야. 멀어질 거야. 혼자서 걸으며 내 발소리도 잊을 거야. 눈을 감고 하나부터 열까지만 세면 손뼉처럼 맑은 소리로 이 졸음과 덧없는 기분들도 차분히 군더더기 없는 꿈으로 흩어질 거야.

현재를 말하며 과거를 돌아보지 않아도 될 거야. 과거를 말하며 내일에 지레 겁먹지 않아도 될 거야. 살아가면서 그렇게 꼭 한 번씩은 사랑이란 말 없이 사랑을 하고, 미워한단 말 없이 그리워해볼 수도 있을 거야. 스쳐 지나가면서 덧없고 허무한 것들을 좋은 친구로 사귀어도 좋겠어. 불면마저 잠재울 마음으로 잘 잤어? 날이 제법 화창해졌어 하며 이제 충분히 기지개를 켜도 좋을 거야. 웅크린 시간들도 제법 나쁘지 않았지? 그렇게 스스로에게 고백하기도 좋은 날이야.

가뿐하게 하지만 가볍지 않게

가뿐하게 살고 싶습니다. 하지만 가볍진 않게. 그러려면 어떻게 해야 할까, 20대의 청춘을 온통 그 생각에 쏟아부은 것은 아닌가 싶을 정도입니다. 그리하여 내린 결론이란, 쫓기지 않고 살아갈 수 있는 사람이 되자는 것입니다. 쫓기며 살고 싶지 않습니다. 그것이 무엇이든. 책임을 다하지 않는다는 말과는 다릅니다. 마감일이 있다면 그 마감일을 지켜내기 위해 성실히 살아가겠다는 의지입니다. 그러기 위해선 굳이 없어서는 안 될 것들에게 나의 마음과 체력을 낭비해서는 안 되는 것이겠죠. 비워내기란 그렇게 소중한 것 하나를 지켜내기 위해 내 현실에 온전한 여유를 만들어주는 것이라고 생각합니다. 가구를 버리고, 인테리어를 깔끔하게 하는 것과는 그 본질이 다른 일이지요. 내 방에 짐이 적다고 내 마음의 근심이 가벼워지는 것은 아니니까요. 진짜 가뿐하게 살아가는 일이란, 다 비워내는 것이 아니라, 내게 스스로 여유를 만들어줄 수 있는 마음가짐이라고 생각합니다.

고양이 눈 성운

미미는 실제로 누나가 오래 키우고 있는 고양이의 이름입니다. 영지는 좋아하는 영화 속 주인공 이름을 따왔습니다. 가끔 본가에 내려가서 노트북으로 작업을 하고 있으면, 미미가 키보드 위로 올라와 냐옹 하고 울음을 터뜨릴 때가 있습니다. 흔치 않은 일이라서, 나는 어쩔 줄을 몰라 얼어붙지요. 그리고 가만 미미의 눈을 바라보면 거기엔 마치 우주가 있는 것 같아요.

혹시 고양이 눈 성운이란 것을 아시나요? 약 3000광년이나 떨어진 아주 멀고도 먼 우주에 있는 성운입니다. 지금까지 발견한 성운 중에서도 가장 복잡한 구조를 이루고 있는 성운이라고 하지요. 고양이의 눈을 바라보고 있으면 시간과 거리의 제약을 벗어나 지금 내가 바로 그 성운에 당도한 것 같은 기분이 들어요. 어쩌면 그 성운이 아직 폭발하지 않고 온전히 하나의 별이었을 때, 그곳에 살던 생명체들이 고양이였을까요?

이 작은 생명체가 우주의 어둠을 지나 지구에 안착하여 적응하고 있는 것은 아닌가 하는 생각이 들기도 합니다. 당최 이해할 수가 없으니 우주적 존재라고 보아도 무방하지 않나요.

넘어진 자에게 손을 건네듯

넘어진 자에게 손을 건네듯, 무거운 짐을 더불어 짊어지듯, 길 잃은 자에게 방향을 알려주듯, 어둠 안에서 등불을 밝혀주듯, 그렇게 내가 그 외로움에 함께하겠습니다. 그러니 당신은 스스로 바라보고자 하는 것을 잊지 않기를 바랍니다. 당신은 지금 보지 못하는 것이 아니라, 잠깐 주변의 상황이 까마득하여 그 형상을 알아볼 수 없는 것입니다. 그러나 때로 나아가고자 한다면 아주 작은 불씨를 부여잡고서도 우리는 걸을 수 있지요. 이 긴 어둠을 지나고 나면 희망은 더욱 자라나 있을 것이고 당신의 간절함 역시도 결코 당신을 외면하지 않을 것입니다.

외롭고 고독한 하루의 끝에 혼자서 일기 속에 끄적인 문장들입니다. 가끔 나는 빈 방의 고요함 속에서 울먹입니다. 그러나 아침이 오면 또다시 이 세계에 저항해볼 것입니다. 나를 사랑하자고, 사랑해보자고. 그렇게 외치면서 가능한 내가 지닌 결여를 인정해보고자 합니다.

만약에 내가 지닌 몫의 고단함이 당신의 삶을 아주 조금이라도 이해할 수 있는 열쇠가 될 수 있다면 기꺼이 나는 이 연약함이 우리의 온전함이라고 믿어보고 싶습니다.

있다, 없다

여기에 없는 것은 문제가 아닙니다. 그러나 여기에 있어야만 하는 것이 없을 때 그것은 지독하게 우리를 괴롭힙니다. 그 부재는 연인에 대한 사랑이었고, 가족에 대한 그리움이었으며, 어린 시절 그 무구한 시간들에 대한 향수이기도 합니다.

인생은 자꾸만 있다와 없다를 반복합니다. 운명은 참 짓궂고 교묘하여 아주 조금의 틈만 보여도 있다를 없다로, 없다를 있다로 바꾸어놓지요. 나는 때때로 그것이 참 원망스럽습니다. 그래서인지, 너무 당연하기 때문에 정말 소중하다고 함부로 말할 수 없는 것들이 있어 무의식적으로 거리를 두는 일도 늘어만 가고 있는 것 같습니다. 빈번하게 이루어지고 있는 사랑한다는 말 속에서, 하지만 정말로 사랑하는 대상에겐 좀처럼 그 말이 입 밖으로 나오지가 않아서 나는 퍽 당혹스러움을 경험하기도 합니다.

그래서 우리에겐 오직 서로만의 귓속말이 필요합니다. 외부의 다른 어떤 것도 우리의 사랑을 눈치채지 못하도록, 그리하여 이 소중함을, 우리의 상태를 서로에게 영원히 있다의 태도로 머물게 하기 위해서 말입니다.

그러니까 정말로 사랑한다면 언제나 있다의 상태로 귀 기울이며 당신을 들을 것. 영원히 우리라는 말이 이 언어의 단위 속에서 유일한 체계일 수 있도록. 나는 당신을 듣습니다. 나는 여기에 있습니다. 그것은 당신을 사랑한다는 나만의 발음입니다.

가능세계

“너를 좋아해. 네가 원하면 오이도 대신 먹어줄 수 있어.”
“정말이야? 나도 너를 무척이나 좋아해. 내 애교 살을 콕 떼서 선물해줄 만큼.”

실은 나는 오이를 굉장히 좋아합니다. 하지만 오이를 거부하는 사람들은 유전적으로 그것을 꺼려하는 성분이 포함되어 있다고 하더군요. 저의 경우 물고기를 먹지 못합니다. 물론, 유전적으로 어떤 거부반응이 있는 것은 아닙니다. 아마도 기억을 거슬러 올라가보자면 어린 시절 어시장에서 마주했던 아주 거대한 물고기 대가리에 박힌 달덩이 같은 눈을 보고 난 이후라고 추측해볼 수밖에는 없을 것입니다.

하지만 당신이 나를 사랑한다고 말하면 나는 그 두려움 같은 건 폴짝 뛰어넘으면 그만일 거라고 생각합니다. 마음이 이어져 있는 이들에게는 가능세계라는 것이 있으니까요. 나는 사랑에 관해서라면 고유해지고 싶습니다. 우리라고 하는 관계는 이 세계에서 유일한 전파라고 느끼고 싶습니다. 또한 그것은 서로가 서로에 대한 상투적인 사랑의 표현 양식을 벗어나 마침내 자유롭게 감정을 드러낼 수 있는 언어를 획득할 때 찾아오는 것이라고 믿습니다.

눈이 오는 날, 당신을 기다리며 당신이 한 번도 들어본 적 없는 말로 그 감정을 전달해보고 싶습니다. 혹한의 기온 속에서도 마침내 당신이 나를 반기면 나는 눈 녹듯 다정해질 것입니다. 그것은 내가 당신에게 고유해지고 싶다는 뜻입니다.

나의 사랑하는 반려견 돌쇠에게

아프진 않았니. 천국으로 가는 길이 너무 외롭진 않았니. 분명 너는 자꾸만 뒤돌아보며 내 냄새를 맡으려고 무척 애를 쓰기도 했겠지. 무거운 가방을 메고 집으로 돌아오면 너는 늘 환하게 미소를 지어주었는데, 내 삶이 고단하다는 이유로 네게 충분히 다정하지 못했던 시절들이 있었을 것 같아 미안한 마음이 크구나. 언제나 너를 기다리게 했지. 너도 때로 나를 원망했을까?

조금씩 시각과 청각이 둔감해지는 너를 보면서 우리 가족은 마음의 준비를 해가고 있었지만 어떻게든 곁에 더 오래 머물고 싶어서 안간힘을 썼을 너의 호흡에 가끔 가슴이 먹먹해지기도 했단다. 산책을 나서면 지칠 줄 모르던 네가, 어느 날 거칠게 숨을 쉬면서 길에 앉아 '우리 이제 그만 집에 갈까?' 하고 어색한 표정을 지었을 때 나는 처음 실감했던 것 같아. 우리가 영원히 함께 시간의 흐름에 맞물려 살아갈 순 없구나 하고 말이야.

너와 같은 나이를 먹으며 살아가지 못해서 미안하구나. 있잖아, 우주가 끊임없이 팽창하는 이유는 이 세계의 모든 모서리를 안아주기 위해서래. 그러니까 잠깐의 외로움도 곧 잘 지나가고 나면 새까만 우주를 지나 다시금 우리가 마주 보며 반짝일 수 있을 거야. 나는 가끔 너의 꼬리가 살랑살랑 내 앞 길을 밝히며 나아가는 꿈을 꿔. 어쩌면 그건 꿈이 아니겠지. 그 어떤 상실도 우리를 무너뜨릴 순 없을 거야. 우리는 여전히 참 좋은 친구 사이지? 곧 다시 만나자.

때로 기다리는 사람, 종종 기다리게끔 만드는 사람

우리는 때로 기다리는 사람이고, 종종 기다리게끔 만드는 사람이다. 하지만 그 대상이 무엇인지 어떤 의미인지 본인도 잘 알지 못한다. 나는 언제쯤 믿음직한 사람이 될 수 있을까. 사랑하는 이가 고단한 하루의 끝에 잠깐 떠올려 보는 기억으로 삶의 피로가 조금은 수그러드는 이름이고 싶다. 좋아했던 사람들이 종종 내 곁을 떠났다. 소중했던 사람들이 꼭 그렇게 나를 울리고 갈 때면 다 내 탓인 것 같아서 마음이 많이 아리곤 했다. 기억나지 않는 얼굴이 그리울 때면 나는 어떻게 해야 하지. 우연히 마주치게 된다면 꼭 나를 알아봐주면 좋겠다고 생각해버리기도 한다. 소중한 이에게는 되도록 조용히 다가서며 뿌리내리고 싶다. 오래오래 누군가에게 나무가 되고 싶다. 흔들리는 마음속 당신이란 대지 위에 나 또한 그렇게 휘청이고 있으니 너무 외로워 말라 고백하고 싶다. 그렇게 생각하면 새벽의 뒤척임도 한낮의 어지러움도 모두가 다 그럭저럭 견딜 만한 서운함이 되려나. 한번 본 적도 없는 눈매가 곱게 점멸하며 머뭇거린다. 쓰다가 지운 말들은 왜 이미 전한 언어보다 더 다정한 듯이 느껴질까. 침묵할수록 자명해지는 마음이 있다. 기다리고 기다리게 하고, 하지만 끝내 모든 것들이여 여전히 거기에 그대로 있어주기를.

가을, 서점

조용한 서가에서 한 권의 책을 들고 반짝이는 너의 눈을 본 적이 있지. 햇살 속에서 먼지들이 헤엄치며 침묵에도 결이 있다는 걸 말할 때, 뜻을 가진 가장 작은 단위는 눈빛이라고 속삭이듯 너는 내게로 왔어. 찬란한 사랑이 이토록 조용한 순간 속에서 피어난다는 걸 알았을 때, 스르륵 책장을 넘기듯 네 머리칼을 쓸어 넘기며 나는 조금씩 흰 종이 위로 스며들 샛노란 마음이었던 거야.

오늘도 무사히

너무 드물지도 않게 그런 생각들이 밀려오는 밤이 있다. 이대로 괜찮을까. 잘하고 있는 걸까. 어쩌면 불안이라는 건 가지지 못한 것이 아니라, 지키고 싶은 것 사이에서 자라나는 마음은 아닐는지. 조용히 집으로 돌아가는 길, 문득 밤거리에 핀 꽃들을 보면서 뜻 모를 바람을 안고 하루를 살다가도 때로 작은 실수 앞에서 못내 잠 못 이루는 새벽들이 있었네.

인생이란 무릇 그런 고뇌와 자잘한 허무함의 연속인 걸까. 잠들기 전, 잠깐 눈을 감고 바다를 꿈꾸면 파도 소리가 꼭 그렇게 나를 다독이는 것 같다. 어제의 파도는 모두 어제의 바다로 돌아갔어요. 오늘의 해변에는 이제 아무런 서운함도 없어요. 조금 열어둔 창문 틈 사이에서 솔솔 정겨운 바람이 분다. 깨진 무릎마다 후후 연고를 발라주던 마음이 저기 창밖에서도 불어오고 있을까. 오늘도 무사히, 라고 다짐하면서 스르륵 그 품속으로 나는 기울어지네.

꿈

때로는 작은 낱말 몇 개로 마음이 뭉클해질 때가 있지.
예쁜 잠을 자고 일어나면 또 우리의 오늘이야.
돌아보면 어제는 모두 사랑스럽지.

고양이와 신피질에 관한 진실

고양이에게도 물론 신피질이 존재합니다. 신피질은 뇌의 기능들 가운데서도 지각, 인식, 공간감각, 언어와 연관되어 있는 부분이지요. 어떤 드라마에서는 고양이들의 삶을 신피질의 부재로 인해 오직 현재에만 충실할 수 있는 것이라고 표현했지만 이는 사실이 아닙니다. 만약, 고양이에게 정말로 신피질이 없다면 먹이를 찾고, 자기 구역을 인지하고, 좋은 것, 싫은 것을 분간하는 일상적인 활동에도 큰 제약이 있겠지요.

하지만 고양이는 자기 가족을 알아봅니다. 자기를 사랑해주는 사람을 인지할 줄 압니다. 그리고 자기가 마음을 쏟아야 할 대상을 스스로 결정하고 드물게 그 존재에게 기대어 자기 속마음을 표현하기도 하지요. 그러니까 고양이는 뇌의 신피질이 없어서 시간을 인지하지 못하는 것이 아닙니다. 실제로 고양이의 뇌 구조를 보면 신피질이 존재하고 있다는 것을 확인할 수 있지요.

다만, 고양이는 어떤 시간이든 그 안에서 재미난 것을 찾고 제멋대로 하루를 살아보는 것뿐입니다. 뇌의 기능이 그 역할을 하지 못해서가 아니라, 그러거나 말거나 자기가 좋아하는 것만 할 거라고 스스로 마음을 다스릴 줄 아는 태도가 그들의 삶을 매력적이게 만드는 것이지요.

고양이들의 움직임을 자세히 한번 관찰해보면 느낄 수 있습니다. 그들이 자기 자신을 얼마나 소중히 여기는지를 말이에요. 우리는 많은 것을 느끼고 그에 반응할 수 있지만 그것들을 제대로 소화하지 못해서 늘 시행착오를 겪지요. 그러니 외부의 것들에게는 신경을 좀 꺼둘 필요가 있어요.

실제로 요즘 사회 전반의 영역을 들여다보면 사람들이 너무 많은 화를 외부에 쏟아내고 있다는 걸 파악할 수가 있답니다. 이래서 불편하고, 저건 저래서 잘못된 것이고, 당신은 그래서 틀렸고, 너는 그러니까 눈살을 찌푸리게 한다고 내 감정의 화살을 외부의 대상을 향해 무분별하게 쏘아대지요. 때때로 대중들은 오히려 분노를 쏟을 대상을 찾고 만들기 위해서 안달이 난 것처럼 보이기도 합니다.

그런데 그거 정말로 외부의 세계가 전부 잘못되었기 때문에 그런 걸까요? 어쩌면 내 감정을 잘 다스리지 못하고 내 마음에 충분한 여유가 없어서 그런 것인지도 몰라요. 고양이의 삶을 보며 우리가 배울 수 있는 것은 외부 세상에 대한 근심을 조금 꺼두고 자기 자신에게만 집중할 줄 아는 자세인 것 같습니다. 내가 사랑하는 것을 아끼기에도 시간은 모자라니까요.

도덕의 잣대와 존중의 거울이 첫 번째로 나를 향해 있을 때 그 사회는 건강해진다고 생각합니다. 그리고 나를 사랑하는 일이 누군가에게 피해를 끼치지 않는다면 그걸로 된 거예요. 그 이외의 것들은 사실 내가 어쩔 수 없는 영역이니 신경을 좀 끄고 살아도 좋을 것입니다. 고양이들처럼. 행복합시다. 냐옹.

고양이의 태도를 바탕으로 본문에서 미미가 자신을 표현할 때 '저는'이라 칭하지 않고 '나는'이라고 칭하도록 설정하였습니다. 나쓰메 소세키의 『나는 고양이로소이다』에서 화자인 고양이가 자신을 '이 몸'이라고 의기양양하게 표현하는 것과 같은 맥락인 셈이지요.

스스로를 지나치게 낮추는 일이 타인에 대한 존중에 무슨 도움이 될까 하는 생각을 평소 지니고 있습니다. 그것은 겸손을 모르는 일과는 조금 다른 경우라고 생각해요. 나를 잘 이해하고 표현할 줄 알아야만 타인에 대한 존중도 잘 지킬 수 있다고 느끼기 때문입니다.

비슷한 의미로 오늘날 우리에게 가장 중요한 능력은 '다정함'이라고 생각해요. 다정함이란 그 이면까지 사려 깊어야 진심으로 어엿한 것이겠지요. 단어와 단어 사이의 생각들, 말과 말 사이의 행동들이 우리를 아낌없이 헤아리고자 할 때, 마음은 비로소 포개어집니다. 감정도 깍지를 끼는 모습으로 호응할 수 있다면 우리가 안는 방식은 일련의 틈이 되어 서로를 향해 쏟아지는 빛과도 같을 거예요.

다정함은 능력입니다. 이 땅에 서로만이 아는 끄덕임으로 자기만의 울음을 타자에게 들려줄 수 있는 유일한 언어이지요. 우리 모두 다정합시다. '나'에 높고 낮음은 없어요. 그저 끝도 없이 많은 종류의 세상이 있을 뿐입니다. 그러니 우리 모두 다정합시다. 나에게도 당신에게도.

당신을 떠올리면 나는

아아, 그 친구를 생각하니 내 마음이 따뜻해집니다. 삶의 온기가 이 정도라면 나는 언제까지나 적당하고 행복한 사람일 것입니다.

건강한 삶에 대한 근본적인 방법은 내 몸과 마음의 자정 기능을 끌어올리는 것이라고 생각합니다. 좋은 것을 많이 보고 슬픈 것에 눈물을 흘리고 축하해야 할 일들에 박수를 보내보세요. 그 모든 감정들이 우리 삶에는 다 조금씩 필요한 법이랍니다. 그렇게 쌓아올려진 경험의 층위 속에서 우리는 나를 이해하는 방법을 배우고 내 감정에 알맞은 호흡법들을 깨달아가는 것이지요.

어떤 일이든 그 안에서 예쁜 것들을 주워 담으면 그 추억은 내가 기억하는 방식으로 반짝일 것입니다. 그리고 남겨진 서운한 마음들은 시간의 파도가 서서히 그 해변을 쓸어 넘기며 조금씩 흐려져갈 거예요.

일일시호일[日日是好日]

막다른 벽이나 슬픔의 덫에 빠지게 되는 일은 내가 미리 예견하고 대처하기 어려운 법입니다. 나와 무관하다고 여겨지던 별개의 사건들이 일순간 맞물리며 우리에게 성큼 다가선 것을 어찌 한 명의 개인이 막아설 수가 있겠습니까.

나는 그때마다 스스로를 많이 나무라며 살아왔습니다. 그때 왜 그렇게 하지 않았어! 그건 잘못된 선택이었잖아! 라고 마음 안에서 나를 할퀴는 말들을 곧잘 내뱉기도 했지요. 그런데 지금에 와서 나를 아프게 하는 것들은 그 상황 자체가 아니라 오히려 내가 스스로에게 건네던 그 말들이라는 것을 느끼곤 한답니다.

우리는 때로 실수를 해요. 노력과 성실함과는 무관하게 그런 일들이 빈번히 벌어지기도 합니다. 하지만 그때마다 자신을 너무 몰아세우지는 마세요. 가파른 오르막을 걸으면 조금 평탄한 길이 나오기도 하고 길게 뻗은 내리막이 나오기도 한답니다. 그것이 삶의 이치이지요. 나를 할퀴는 일보다 먼저 선행해야 할 것은 나를 용서할 수 있을 만큼의 충분한 시간을 할애해주는 것이랍니다. 굽이굽이 이어지고 갖은 고단함을 겪어왔다고 느끼는 날들도 있겠지만 돌아보면 그 모든 길이 곧게 뻗은 한 폭의 풍경화처럼 자연스러워 보이는 날들도 올 거예요.

기억하세요. 매일이 일일시호일[日日是好日]입니다.

마음까지 얼어붙을 것만 같은 찬바람이 부는 골목에서 내 가슴속 촛불을 꺼뜨리지 않으려고 웅크리고 있는 것도 어찌 보면 집착이랄까요. 거기에 있지 말고 온기가 있는 곳으로 스스로를 이끌고 나아가셔야지요. 그렇게 움직이는 와중에도 불은 꺼질 수 있고 입술이 바짝 말라 가슴이 꽉 막힌 듯 답답해질 수도 있을 것입니다. 하지만 다시 불을 지피세요. 초를 켜고 어둠 앞에 활짝 눈을 뜨고 계속 나를 갈고 닦아보세요.

모든 생과 경계와 배경이 희미해질 때라도, 다만 중요한 것은 때를 알고 묵묵히 나아가는 그 마음이랍니다.

내 마음에 비친 내 모습

내게 오는 말들 중 어떤 말을 골라 내 안에 담는지가 자신을 사랑할 줄 아는 능력과도 깊이 연루되어 있다. 따라서 지금 행복하다고 느끼는 사람은 살아오면서 기쁜 일만 겪어온 사람이 아니라, 크고 작은 슬픔 속에서도 삶이 주는 양분을 성실히 곱씹으며 시간을 지나온 존재일 것이다. 때로는 듣기 싫은 소리들, 나를 아프게 하는 말들은 자연히 흘러가게끔 내버려두는 것도 자연 속에서 우리가 매순간 마주치는 배움이겠지. 나를 향한 주변의 생각들까지 다 조율하고자 하는 것은 어쩌면 욕심인지도 모른다. 다만, 자기 안에 있는 거울을 윤이 나도록 닦아둘 뿐이다. 정작 우리가 깊이 생각하고 고심해야 할 것들은 거기에 비춰질 테니까.

때로 하나의 소설은 부치지 못한 편지입니다

나의 사랑하는 민준씨에게, 로 시작하는 편지를 받아본 적이 있습니다. 그날은 내 생일이었지요. 아직도 가끔 그 편지의 내용이 기억납니다. 그냥 문득 나의 사랑하는, 이라는 말로 시작하는 그 종이 한 장의 무게가 내 삶의 고단함으로부터 나를 자유롭게 해줄 때가 있는 것 같습니다. 한 줄의 문장은 때로 그렇게 마음의 날개가 되어 우리의 영혼을 자유롭게 합니다.

생각해보면 편지는 이제 보편적인 의사전달 수단은 아니지요. 유행이 지난 촌스러운 매체이기도 합니다. 글씨가 서툰 이에게는 몇 번을 고쳐 써야 하는 번거러움이 있고, 아직 용기가 없는 마음에게는 조금 더 여물어야만 하는 기다림이 필요시 되기도 하지요. 분명 더디고 효율적이지 못하며 분실과 훼손의 가능성까지 떠안고 있는 불완전한 매개체인 것이 사실입니다.

그럼에도 막상 편지를 받거나 전해줄 때, 우리는 그러한 모든 불편과 번거로움이 가치 있는 기다림처럼 느껴지는 경험을 하기도 하지요. 이를테면 편지에는 문자메시지나 이메일, 전화와 동영상으로는 전하기 어려운 그만의 진솔함과 서술이 담겨 있기 때문일 것입니다. 수기로 쓴 텍스트는 무엇보다 고유합니다. 그것은 한 인간의 감정이 지닌 마음의 지문이기 때문입니다.

일종의 고백이라고도 할 수 있을 것입니다. 동봉된 편지는 아직 전해지지 않은 말이지만 대개 그 대상을 지니고 있는 희귀한 언어라고 할 수 있지요. 우리는 각자 그러한 놀라운 일을 더러 겪어본 적이 있을 것입니다. 서체 하나, 단어 하나에 섬세하게 주의를 기울이면서 글자들의 온기가 수그러들까 외투 주머니 속에 고이 담아 전해주고자 했던 시간들 말입니다.

삶이 공허할 때나 반대로 지극히 기쁠 때에도 나의 사랑하는 당신에게, 로 시작하는 그 종이 한 장이 내 안에서 여전히 읊어지고 있다고 생각하면 나는 힘이 납니다. 몽땅한 연필로 쓰거나 흔해빠진 볼펜으로도 사랑을 전할 수 있다는 것은 얼마나 아름다운 일인가요. 종이와 필기구 서체와 단어는 사람의 마음을 연결해주는 소중한 언어입니다.

우리는 요즘 그 언어를 어떻게 느끼고 사용하고 있을까요. 따뜻한 고백들은 서랍 속에 잠들어 있고 날카로운 말들의 인플레이션만 보잘 것 없는 형태로 삶을 어지럽게 하고 있는 건지도 모르겠습니다. 그러므로 편지를 써야 합니다. 사전과 책을 꺼내 내 감정과 비슷한 단어와 문장의 형태를 발견하고 나를 써내려가며 서로를 읽어가야만 하는 것입니다. 이해란 그렇게 공을 들이며 차츰 가능해지는 좁은 틈이라고 생각합니다.

공감에도 깊이가 있습니다. 나는 이 책 속에 부치려다 그만 내려놓자고 여겼던 많은 이야기들을 담아두었습니다. 전파를 타고 흘러가는 라디오 사연들과 유행 지난 노래 가사 그리고 누군가 읽다 접어둔 책 속의 한 줄처럼 종이 위의 상처를 견뎌내고 자라난 이 꽃들이 모쪼록 우리에게 향긋한 안부를 물을 수 있으면 좋겠습니다. 그 느낌의 층위는 단순한 끄덕임보다 더 깊이 우리를 안아줄 것입니다.

당신은 마침내 이 책의 마지막에 당도하였습니다. 하지만 그것은 결코 끝이 아닐 것입니다. 나는 당신을 읽고 당신은 내게 작은 밑줄을 그어주었군요. 예쁜 말을 안고서 당신에게도 가겠습니다. 그럼 이제부터 우리에 관한 이야기를 해볼까요? 명랑한 사치와 허영으로 오늘의 우울함을 잠재워

봅시다. 생략된 낱말들에 숨을 불어넣고 우리의 우주에서 둥둥 어엿한 의미로 뿌리내리는 것도 좋겠습니다.

언제나 당신의 평안과 사랑을 응원하는

무아행 드림.

김민준

가끔은 하고픈 말의 첫 문장으로 마침표를 심어 놓곤 합니다. 잠깐의 정적, 곧이어 펼쳐질 이야 기는 어떤 방식으로 피어날까요. 계절과 세월에 따라 그 느낌이 달라지는 문장들이 있습니다. 그렇게 흘러가며 조금씩 다르게 읽히기도 하고, 다시 처음으로 돌아가 보기도 하는 단어가 바로 '나라는 사람'이 아닐까요. 나는 과거와 현재와 미래가 정겹게 포개진 문장입니다. 나는 내가 지닌 언어로 우거지는 숲입니다.